海天集

三民叢刊 22

莊信正著

三民書局印行

獻給恩師

諾伯特・福爾斯特教授

Dedicated to
Norbert Fuerst,
Mentor and Friend

序

這裏收了此前近十年內寫的比較長的八篇文章。其中最早的一篇成於一九八一年，最晚的一篇去年十月脫稿。

有幾篇的背景不妨略為交待一下。〈愛德蒙・威爾遜的文學批評〉是一九八七年十一月在第二屆「英美文學研討會」上提出的主題論文，當時因在場者幾乎全為專業的教師和學生，所以專門名詞和引述的片段都直接使用原文。現在都已譯成中文。〈《未央歌》的童話世界〉是去年一月在「現代文學研討會」上宣讀的論文，這次結集前曾略加增補。書中其他各篇除文字上有幾處潤飾修訂之外，都維持最初發表的面貌。例如〈重讀張愛玲〉成稿於一九八二年（原名前面有「桃花扇——」字樣），如果在九年以後的今天執筆，當然會有很多新的意見，但這足够單獨一篇專文的內容，只好另當別論了。〈多事之秋——一九八〇年法國文壇掠影〉是那些年重學法文的副產品，因為常常看法國報刊上關於文學的消息（還以空郵向法國訂閱過一年《讀書》LIRE 月刊），結果留下了這篇報導文學。

本書第一輯三篇論中國文學，第二輯三篇談西洋文學，第三輯兩篇則屬於比較文學，除中國外涉及美國、英國、俄國和法國等地區，頗能透露我為學為文的跑野馬的趨向。事實上我平生最大的抱負——當然只是夢想——也確是希望能行萬里路，海角天涯到處遨遊；更希望能讀萬卷書，海濶天空無拘無束地博覽世界名著。一九六〇年來美進修，僑居下來，最初二十年當中很少寫作，直到八十年代初期才因友人編輯副刊而開始在臺灣發表文章。十年來的一大樂事就是同各位舊雨新知之間的交往。讀書，寫作，以文會友，「海內存知己，天涯若比鄰」，我感覺自己非常幸運。所以本書就叫「海天集」，一面藉以自勵，一面向遠方的朋友們致意。

本書獻給我在印第安納大學(Indiana University)的業師諾伯特・福爾斯特（Norbert Fuerst）敎授，我唸大學時荒廢了課業，四年中最大的收穫是課外與夏濟安老師談話時得到的薰陶；到美國進研究院，發覺不但書讀得太少，連英文閱讀的基本功都差得太多。如果沒有福爾斯特先生循循善誘，我不可能那麼順利修完學位。先生原籍德國，第二次世界大戰期間為避納粹暴政移居美國，在印大執敎數十年。他精通數種語文，對比較文學有深厚的興趣，對來自東半球的學子備加愛護，桃李遍天下，可以說身體力行了「海內存知己，天涯若比鄰」的理想。去年我在印大時的比較文學系系主任豪爾斯特・福倫茲(Horst Frenz)教授以心臟病去世，今年年初福爾斯特先生又因胃癌開刀，我在憂傷中自然而然追憶起他們當年的栽培，尤其是福爾斯特先生諄諄的指導和勉勵。「務學不如務求師」，先生敎給我的遠遠超過書本上的知識，使我一生受用不盡。

——一九九一年三月十二日，紐約

目次

第一輯

重讀張愛玲

1

「普通人的一生，再好些也是『桃花扇』，撞破了頭，血濺到扇子上，就在這上面略加點染成爲一枝桃花。」這是張愛玲〈紅玫瑰與白玫瑰〉開宗明義的一句話。張的作品中經常有這種「美麗而蒼涼」的文字和情景出現，她還不到二十歲時就說出「生命是一襲華美的袍子，爬滿了蚤子」（《張看天才夢》）這樣的人生觀。

在她的二十多部長短篇小說裏，時時可以看出這種對人生的無可奈何的淒愴——《紅樓夢》式的淒愴。她像曹雪芹一樣懷著鐘鳴鼎食之家中落以後的子弟的身世之感，加以童年時家裏發生了種種難堪的變故，使這個天賦高、成熟早的女孩子年紀很輕就看穿了世界是「不可理喻的」（〈傾城之戀〉），而「人生……錯綜複雜、不講理」（〈金鎖記〉）。她創造的許多人物彷彿不由自主地跌進不講道理的世界人生的天羅地網中，逃不出去。佟振保這個「起而行的人」（英文所謂 man of action）一度想把自己的「對」的世界粉碎，而終於打不破，離不開。他不理妻女，亂嫖娼妓，過了一陣荒唐日子。這天晚上回家，摔東西砸太太，半夜醒了，

> ……再躺下的時候，他嘆了口氣，覺得他舊日的善良的空氣一點一點偷著走近，包圍了他。無數的煩憂與責任與蚊子一同嗡嗡飛繞，叮他、吮吸他。
>
> 第二天起床，振保改過自新，又變了個好人。

振保終於還是回到他的袖珍世界去做「絕對的主人」——無形中也就是絕對的奴才。在〈封鎖〉中，呂宗楨和吳翠遠乘電車時遇到封鎖，兩個平日拘拘謹謹的老實人竟大膽地談起心來，但宗楨回到家以後，把他在翠遠面前對妻子和工作所發的牢騷忘得一乾二淨，連她的面貌都已經有點模糊。晚飯後他在臥房裏開了電燈，

> 一隻烏殼蟲從房這頭，爬到房那頭，爬了一半，燈一開，牠只得伏在地板的正中，一

> 動也不動。在裝死嗎？在思想著嗎？整天爬來爬去，很少有思想的時間罷？然而思想畢竟是痛苦的。……他又開了燈，烏殼蟲不見了，爬回窩裏去了。

宗禎和翠遠「做了一個不近情理的夢」以後又返回現實——像烏殼蟲一般爬回自己的窩裏去了。在這篇小說中，「思想是痛苦的」這個概念重複出現，在張的其他作品中也觸及過。潘汝良（〈年輕的時候〉）愛上俄國少女沁西亞‧勞甫沙維支以後，悟出「人的膽子到底小，世界這麼大，他們必得找點網羅牽絆。……自由的人到處磕頭禮拜求人家收下他的自由」，正如契訶夫〈套中人〉主人公那樣，「總想給自己包上一層外殼，給自己做一個所謂的套子……把他的思想也極力裝在套子裏。」（張在一篇散文中談過這位套中人，注意到他「什麼都有個套子」。見《流言‧童言無忌》。）

思想和自由不但是痛苦難當的，而且是徒勞無益的。從這點也就不難瞭解爲什麼張愛玲認爲「人生往往如此——不徹底」（〈沉香屑——第一爐香〉），她自承小說中除曹七巧（〈金鎖記〉）以外，「全是些不徹底的人物」（《流言‧自己的文章》）。這些人物有一種「不明不白，猥瑣，難堪，失面子的屈服」。（《傳奇‧再版序言》）❶例如姜長白（〈金

❶ 皇冠出版社版《張愛玲短篇小說集》中這篇序言最後有近兩段文字沒有刊載，包括這句話。

鎖記〉）和以他爲模特兒重寫的姚玉熹（〈怨女〉）就都因爲母親的箝制而從小不能獨立思考，玉熹的母親柴銀娣蓄意引他吸鴉片烟，上了癮，「她不怕了，他跑不了，風箏的線抓在她手裏」。（第十三章）這令人想起毛姆〈風箏〉（*The Kite*）的男主人公。這人愛風箏成癖，不惜離棄妻子跟父母同住，無形中自己也變爲母親牽掣下的一個風箏。（張愛玲喜歡毛姆，這同她喜歡張恨水一樣，可能是因爲二人「不高不低」❷雅俗共賞。〈浮花浪蕊〉十八頁中提到毛姆七、八次，彷彿有意向他「致敬」。）

風箏總還給人一種飛翔的感覺，七巧在沒有自立門戶當家作主以前連這點自由都沒有。她勾引小叔子姜紀澤受拒後，睁著眼直勾勾朝前看著，耳朶上的小金墜子像兩隻銅釘把她釘在門上——玻璃匣子裏蝴蝶的標本，鮮艷而凄愴。聶傳慶（〈茉莉香片〉）的母親當年無法和心愛的人結婚，被家裏安排嫁給他父親聶介臣：

關於碧落的嫁後生涯，傳慶可不敢揣想。她不是籠子裏的鳥。籠子裡的鳥，開了籠，還會飛出來。她是繡在屛風上的鳥——悒鬱的紫色緞子屛風上，織金雲朶裏的一隻白

---

❷ 林以亮，〈張愛玲語錄〉，《明報月刊》，一九七六年十二月。

鳥。年深日久了，羽毛暗了，霉了，給蟲蛀了，死也還死在屏風上。她死了，她完了，可是還有傳慶呢？憑什麼傳慶要受這個罪？碧落嫁到聶家來，至少是清醒的犧牲。傳慶生在聶家，可是一點選擇的權利也沒有。屏風上又添了一隻鳥，打死牠也不能飛下屏風去。他跟著他父親二十年，已經給他造成了一個精神上的殘廢，卽使給了他自由，他也跑不了。

跑不了！跑不了！

張愛玲已經被公認是中國近代最擅長運用意象的作家之一，「繡在屏風上的鳥」與「璃璃匣子裏蝴蝶的標本」有異曲同工之妙，逼眞地形容出一種「鮮艷而淒愴」的絕境。傳慶同玉熹和長白一樣，從來沒有過任何選擇的自由，他比他們更悲哀的是由於鄙視父親，連帶著對自己也看不起，「他有法子可以躱避他父親，但是他自己是永遠寸步不離的跟在身邊的」。這個患有嚴重性格分裂症的青年被他所厭棄的另一個自我緊緊纏住，死也要死在一起。

風箏、蝴蝶標本、屏風上綉的鳥——這些不能自由翱翔或根本不能飛動的比喻都形象化地勾畫出「跑不了」這個題材。據張愛玲自己說，〈傾城之戀〉的故事取材於《詩經・柏舟》篇下面這個片段：

……亦有兄弟，不可以據……憂心悄悄，慍於羣小。覯閔既多，受侮不少。……日居月諸，胡迭而微？心之憂矣，如匪澣衣。靜言思之，不能奮飛。（見《張看・論寫作》）

〈柏舟〉這首詩傳統上說法不一，有人說寫的是失意的君子，有人說是被遺棄的女子。張愛玲採取第二種說法。她特別喜歡「如匪澣衣」這個意象：「堆在盆邊的髒衣服的氣味，恐怕不是男性讀者們所能領略的吧？那種雜亂不潔的，壅塞的憂傷……。」詩中的女子也正是懷著這種「壅塞的憂傷」黯然意識到自己「不能奮飛」的命運。在張著中，男人多多少少會有點活動的餘地，女人則常常僅有容身之處而已。長白像玉熹一樣是母親手裏的風箏，他妹妹長安卻連風箏的有限的飛動能力都沒有。她在母親種種陰毒的安排下也被釘製成蝴蝶標本。丁阿小（〈桂花蒸　阿小悲秋〉）這樣給洋人或高等華人做女僕的人，「她們的男東家是風，到處亂跑，造成許多灰塵，女東家則是紅木上的雕花，專門收集灰塵……。」男人像風一樣刮來刮去，女人卻處處被動，完全不能自主。「收集灰塵」和「雜亂不潔」的「匪澣衣」（或讀「澣衣」——這個詞歷代學者在讀法和闡釋上也有歧異）是兩個很近似的意象。范柳原和白流蘇（〈傾城之戀〉）結婚以後「把他的俏皮話省下來說給旁的女人聽」，可見也還是風，到處吹動；流蘇守在家裏，也就同紅木上的雕花相差無幾了，儘管她收集的是丈夫一人的灰塵。

張著中許多女人就在這種屈服的情況下生活著；張甚至說「女人是喜歡被屈服的。」（〈傾城之戀〉）她們跑不了，也不想跑。像許太太（〈心經〉）、鄭夫人（〈花凋〉）和全少奶奶（《創世紀》）這些母親，習以爲常地對丈夫屈從忍讓，在環境的籠罩下討生活。她們沒有進入中年以前的形象可以孟烟鸝（〈紅玫瑰與白玫瑰〉）和芝壽爲代表；由於年紀輕，閱歷淺，對自己的處境多少還不服氣，所以烟鸝爲了面子，或者向人抱怨丈夫，或者竟爲丈夫辯護，芝壽也能意識到周圍是個瘋狂的世界。丈夫不像個丈夫，婆婆也不像個婆婆。不是他們瘋了，就是她瘋了。等到年月一久，經過種種折辱挫敗以後，她們就會像許太太等人一樣，對人生完全採取守勢了。

張愛玲小說裏也有幾個帶野性的年輕女子，但是她們儘管放浪，在男性社會的壓迫和羈絆之下，至終卻往往不免俯首就範。剛強自負的許小寒（〈心經〉）滿懷信心地以爲她同父親間不正常的關係會使他永遠離不開她，誰知她父親卻正爲了這個原因而引誘她一個要好的同學迷戀上他，使她一敗塗地。「影沉沉的大眼睛裏躲著妖魔」的印度「公主」薩黑荑妮（〈傾城之戀〉）「架子搭得十足……在外面招搖」，一旦日本兵攻佔香港，養她的英國人進了集中營，她飯都吃不飽，就出了乞討模樣，馴憨可憫了。華僑女郎王嬌蕊（〈紅玫瑰與白玫瑰〉）大膽地背著丈夫與人偷情，她最初挑逗住在她家的佟振保說：「我頂喜歡犯法，你不贊成犯法嗎？」有一天中午他從辦公室回來，發現她正坐在他大衣旁邊，「讓衣服上的香煙味籠罩著她，還不夠，索性點起他吸剩的香煙……看著它燒，緩緩燒到她手指上，燙著了手，她拋掉了，把手送到嘴跟前吹一吹，彷彿很滿意似的。」這個向來視異性爲玩弄對象的少婦在這裏卻帶點自虐狂似地動了眞感情，不顧一切要離婚改嫁振保，向他保證：「你放心，我會好好的。」可是振保事業心重，終於捨棄了她，另外娶妻成家。過了多年，二人在公共汽車上邂逅，這時嬌蕊已經離婚再嫁，儼然成了個相夫教子的中年家庭主婦。振保問她是不是愛她丈夫。

嬌蕊點點頭，回答他的時候，卻是每隔兩個字就頓一頓，道：「是從你起，我才學會了，怎樣，愛，認真的……愛到底是好的，雖然吃了苦，以後還是要愛的，所以……」振保……低聲道：「你很快樂。」嬌蕊笑了一聲道：「我不過是往前闖，碰到什麼就是什麼。」振保冷笑道：「你碰到的無非是男人。」嬌蕊並不生氣，側過頭去想了一想，道：「是的，年紀輕，長得好看的時候，大約無論到社會上做什麼事，碰到的總是男人。可是到後來，除了男人之外總還有別的……總還有別的……」

年輕的時候嬌蕊的「一技之長是玩弄男人」，現在卻悟出男人以外還有別的。嬌蕊最初很像毛姆筆下的人物，但是〈尼爾・麥克亞當〉（Neil MacAdam）中的俄國女子達麗亞・芒羅（也是有夫之婦）甘冒性命危險對所愛的英國青年窮追不捨，終於因此喪生，正合了張愛玲說的：「毛姆筆下異族通婚都是甘心觸犯禁條而沉淪，至少總有一方是狂戀」（〈浮花浪蕊〉）；而自詡喜歡犯法的嬌蕊則沒有徹底「沉淪」，她最後就了範，出落成一個賢妻良母。

如果不就範，怎麼樣呢？在張愛玲筆下，不就範是難有出路的；她不會像毛姆那樣簡單利落地以殉情收場。從五四時期開始，中國知識分子喜歡談論婦女解放，易卜生的《傀儡家庭》一時成爲關於這個問題的經典作品。但是談來談去，除少數人——例如魯迅（〈娜拉走後怎樣？〉）——以外，觸及的不外是些枝節。張愛玲用小說家的眼光看出娜拉的出走是一個「瀟洒蒼涼的手勢」（《流言・走！走到樓上去！》）。她雖然沒有明說過，但想必會覺得小時候她母親的出走也同娜拉一樣是個「瀟洒蒼涼的手勢」吧。她自己後來從父親家裏逃出以後，也覺得「這樣的出走沒有一點慷慨激昂。我們這時代本來不是羅曼蒂克的。」（〈我看蘇青〉）出走的行動畢竟還含有抗議的意味，張愛玲作品裏更多的人物連這點表示都做不出來。姜長安隨著堂兄弟姐妹進學堂唸書，七巧極不情願，又心痛學費，藉機會去學校無理取鬧，長安深知母親的心理，加上這番羞辱，無法再讀下去，決定退學，「她覺得她這犧牲是一個美麗的、蒼涼的手勢。」後來有人爲她介紹了一個男友，雙方都很滿意，訂了婚。但七巧不會讓女兒有幸福的下場，她百般刁難破壞，長安情知婚姻沒有希望了：

她知道她母親會放出什麼手段來？遲早要出亂子，遲早要決裂。這是她生命裏頂完美的一段，與其讓別人給它加上一個不堪的尾巴，不如她自己早早結束了它。一個美麗而蒼涼的手勢……她知道她會懊悔的，她知道她會懊悔的，然而她擡了擡眉毛，做出不介意的樣子，說道：「既然媽不願意結這個親，我去回掉他們就是了。」

馮碧落在言子夜託人去她家求婚被拒以後鼓勇約他私會了一次，暗示叫他設法向她父母疏通；子夜怕再碰壁，不肯這樣做，倒勸她隨他一道出洋留學。碧落爲了顧全自己的家聲和子夜的前途，沒有答應。在未完成的長篇《創世紀》中，家道中落而家教峻嚴的匡瀠珠新認識的男友的姘頭到她工作的地方去大鬧；她想同他絕交，卻下不了決心，經他一番花言巧語，繼續來往，有一天他突然拿出粗野輕薄的態度向她求愛，被她打了耳光。她逃走時慌亂中把雨衣忘在他住處，便叫妹妹陪她去取，藉此表示決絕：「她與他認識以來，還是末了那一趟她的舉止最爲漂亮，久後思想起來，值得驕傲與悲哀。」對碧落、瀠珠和長安而言，出走是不可能的事。長安根本就不會想到這上面去，退讓（退學，退婚）是她在母親治下習慣成自然的待人處事態度；碧落的家世和教養不允許她同子夜遠走高飛；瀠珠也不能貿貿然去委身於一個不正當的男子。這三個不能奮飛的少女結果就只能做做「久後思想起來，值得驕傲與悲哀」的「美麗（或瀟洒）而蒼涼的手勢」了。

但是如果我們說張愛玲是一個悲觀的作家，就難免會顯得把她的作品看得過於簡單。我們只能說她徹底看穿了人生，然後轉而懷著極大的同情觀察人生，刻劃人生。她說：「人生恐怕就是這樣的罷？生命卽是痲煩，怕痲煩，不如死了好，痲煩剛剛完了，人也完了。」（《張看・論寫作》）這大概也就是爲什麼在她創造的所有人物中，只有姜長白的妾娟姑娘（後來扶正；小說中只提到她兩三次，沒有正式出過場）和〈沉香屑——第二爐香〉男主人公羅傑・安白登是自殺，其他人物，連長白的妻子芝壽、玉熹少奶奶和《半生緣》女主人公顧曼楨陷入那樣無望的絕境都還沒有尋死。鄭川嫦病入膏肓，企圖自殺，但是出去買安眠藥時帶的錢不夠，而且沒有醫生證明，無法買到。她一轉念，反而決定「要重新看看上海」，放棄自殺的念頭了。自殺是高潮性的激烈行爲，張卻「喜歡反高潮」（《流言・談跳舞》），「不喜歡壯烈」（《流言・自己的文章》）。《紅樓夢》裏的女子絕望的時候往往自裁，但是王熙鳳要置尤二姐於死地，曹七巧要置芝壽於死地，而二姐呑金而亡，芝壽卻慢慢捱著病死。張對人物的這種比較接近《金瓶梅》的處理方式當然反映出她對人性的一種看法。「生命是殘酷的。看到我們縮小又縮小的、怯怯的願望，我總覺得有無限的慘傷。」（〈我看蘇青〉）面對殘酷的生命，張的人物除曹七巧以外，大都逆來順受，隨遇而安。比起耶洗別、麥克白斯夫人、潘金蓮和王熙鳳這些「轟轟烈烈」的人物來，張筆下的女人予人最鮮明的印象是她們的不徹底性。她們雖然不一定都像張所說的蹦蹦戲花旦那樣「能夠怡然地活下去，在任何時代，任何社會裏，到處是她的家。」（《傳奇・再版的話》）但是她們最低限度也盡可能地敷衍著活下去。人生是不徹底的，對她們而言，生存下去就好。從這點出發，張愛玲同張恨水一樣，塑造了許多做人不徹底但正因爲這樣而徹底感人的男女（主要是女子）。我們看這些人物的美麗而蒼涼的故事的時候，反而對人生——像「桃花扇」似的「不徹底」的人生——生出一種神機蕭然、顧而樂之的美感，反而體驗到它的一種眞實深沉的意義。這是張愛玲對中國小說的一個非常重大的貢獻。

2

張愛玲小時候讀過一些西洋童話故事，她八歲那年母親返國，和她父親和好，家「搬到一所花園洋房裏，有狗，有花，有童話書」（《流言・私語》）。她在著作中提到過《白雪公主》、《玻璃鞋》、《木偶奇遇記》、《小雨點的故事》和《天方夜譚》等。張創造的人物中有幾個少女頗令人想起《玻璃鞋》中的灰姑娘（Cinderella，據說這故事源出於第九世紀的中國，後來傳到西方）。她們在家裏受到自己親人——包括父母兄姐——的歧視虐待，過著灰姑娘那樣不愉快的生活。童年的張愛玲有很長的時間母親遠適異國，她在父親的姘婦或續絃手下過日子，離開父親家以後又嘗過不少作窮親戚和窮學生的辛酸，情景同灰姑娘頗有些相像的地方，所以創造出來的這些女孩子在或大或小的程度上是她自己的寫照。她無法忘記逃出父親家不久，有一次她舅母說等翻箱子的時候要把她表姐們的舊衣服找出點來給她穿。她做過一個夢，夢見她去香港上貴族教會學校時所受的冷遇，

> 船到的時候是深夜，而且下大雨。我狼狽地拎着箱子上山，管宿舍的天主教尼僧，我

又不敢驚醒她們，只得在黑漆漆的門洞子裏過夜。……風向一變，冷雨大點大點掃進來，我把一雙脚直縮直縮，還是沒處躱。忽然聽見汽車喇叭響，來了闊客，一個施主太太帶了女兒，才考進大學，以後要住讀的。汽車夫砰砰拍門，宿舍裏頓時燈火輝煌。我趁亂向裏一鑽，看見舍監，我像見晚娘似的，陪笑上前稱了一聲「Sister」。她淡淡地點了點頭，說：「你也來了?」（〈我看蘇青〉）

這兩次都是使張屈辱不堪，悲極而慟的經驗，對她的作品不可能沒有影響。當然，張絕對不會去重寫《玻璃鞋》，她的人物處境同灰姑娘相同，而下場卻迥異其趣。在童話中有仙姑，有王子；在張著中卻沒有奇蹟，沒有幸遇，相反地倒是連自己的親生父母都往往與她們爲難。虞家茵（〈多少恨〉）的父親和姜長安的母親就不但沒有灰姑娘的神仙教母（fairy godmother）那樣慈愛，而且不折不扣地像壞巫婆（bad witch），終於斷送了她們的愛情和幸福。七巧最後「似睡非睡横在烟舖上。三十年來她戴著黃金的枷。她用那沉重的枷角劈殺了幾個人，沒死的也送了半條命」。她自己的兒女就只剩下半條命，成了聶傳慶那樣的「精神上的殘廢」。七巧的陰險狠毒使人想起契訶夫〈在深谷中〉的阿克茜妮亞・濟布金，二人都嫁了身體不健全的丈夫，自己的心理也漸漸失常，進而發展出壞巫婆那樣的虐待狂，對稚幼的親人都要趕盡殺絕了。(阿克茜妮亞把一桶滾水倒在剛出生不久的侄兒身上，燙死了他。)匡瀅珠初生時因爲是父母的頭胎孩子，很受看重，接下去是幾個妹妹，不能跟她爭寵，「等到有了弟弟，家裏誰都不拿她當個東西，由她自生自滅，她也就沒有那麼許多花頭了，呆呆地長大，長到這麼大了，高個子，腮上紅噴噴，簡直有點蠢」。她的戀愛還不如長安；世舫固然不像童話中的王子那樣能把落難的少女救出牢籠，至少總是個可靠的正派人；瀅珠進了社會，卻碰上毛耀球這樣心懷不軌的男子，差點成了他玩弄的對象——故事說他「使人想起童話裏的大獸」。她的家世和教養與吳翠遠很接近，二人在家裏都是「受氣」的「好女兒」，遇到的男人也都不眞心同她們來往。

境遇更像灰姑娘的是〈花凋〉中的鄭川嫦。小說開頭時說她死後的碑文中寫著「無限的愛，無限的依依，無限的惋惜……回憶上的一朶花，永生的玫瑰……安息罷，在愛你的人的心底下。知道你的人沒有一個不愛你的」。接著作者立刻點出：「全然不是這回事」，彷彿在告訴讀者，行述裏不過是童話式的美化和渲染。事實是溫馴的川嫦上有三個絕色的姐姐，下有備受寵愛的弟弟，她夾在當中，處於最不被看重的地位，總要讓人欺負。這樣熬到跋扈的姐姐們都出嫁了，她經介紹認識了章雲藩。最初她嫌他長得不帥，人也不爽利，但來往幾次，卻互相愛上，她父母與長安和瀅珠家不同，沒有反對；看來該是很理想的一對。誰知在這時候川嫦生了肺病，轉成不可救藥的骨痨，雲藩（是個醫生）一面盡人事爲她診治，一面另外交上別的女友；川嫦除了等死，沒有任何生存的意義了。在歐・亨利的〈最後一片葉子〉（The Last Leaf）中，瓊西得了肺炎，相信自己沒有生望。她看著窗外的長春藤葉子漸漸枯落，認定葉子落完，她就死了。這時住在她樓下的一個潦倒一生的老畫家卻挺身而出，扮演了童話中仙姑的角色，在最後一片葉子落掉以後冒著酷寒連夜爬上牆去照樣畫了一片。一夜暴風雨過後，瓊西意外地發現最後那片葉子居然還在那裏。她意識到發生了奇蹟，對同住的蘇娣說：「有一種什麼力量使那片葉子留在那裏，這是要證明我有多麼壞，願意死是罪過的事啊。」她的病自此轉危爲安，這篇小說如果要張愛玲來寫，必然會用完全不同的方式。（她說過不喜歡歐・亨利的作品。）瓊西四周的人——蘇娣，醫生，老畫家——都同她或者才認識半年，或者素昧平生，但是都對她愛護備至，全心全意地要她活下去；而川嫦連親生父母都抱著讓她自生自滅的態度。她父親爲了怕傳染，從來不進她的房間，去一次也是「濃濃噴著雪茄烟，製造了一層防身的煙幕」。他抱怨她每天要吃兩個蘋果，他卻因爲養活不起而不得不把姨太太遣走。她父母不情願爲她花錢買藥，爭吵起來。這個「從小不爲家裏喜愛的孩子向來有一種渺小的感覺」，這時更發現「對於整個的世界，她是個拖累」。她跑出去買安眠藥自殺，但未買到，在街上到處有人用駭異的眼光望着她，彷彿她是個怪物。她所要的死是詩意的，動人的死，可是人們的眼睛裏沒有悲憫。……世界對於他人的悲哀並不是缺乏同情：秦雪梅弔孝，小和尚哭靈，小寡婦上墳，川嫦的母親自傷身世，都不難使人同聲一哭。只要是戲劇化的，虛假的悲哀，他們都能接受。可是真遇著了一身病痛的人，他們祇睁大了眼睛說：「這女人瘦來！怕來！」

這段話寫出了張愛玲小說中有代表性的一面，寫出了一個由童話跌入現實以後的淒涼的隔膜的世界。在這個世界裏，沒有人同情灰姑娘，沒有仙姑搭救，沒有王子垂愛，川嫦沒有變得公主一般的艷麗，她在人們眼裏倒彷彿成了童話書裏那樣的可怕的「怪物」。她回家對鏡看了自己，對她母親痛哭說：「娘！娘，我怎麼變得這麼難看？」過了三星期她死了。她像花一樣凋謝了，沒有人在最後一片葉子落後替她畫出一片。

〈年輕的時候〉同樣像一篇故意寫走了板的童話故事。潘汝良喜歡在教科書上畫他心目中的美女。有一天在學校休息室正畫著，忽然發現對面坐的俄國少女長相同他畫的一模一樣。二人自此認識，互相交換教中文和德文。汝良愛上了她，慢慢也了解她家境拮据，心情抑鬱。(她母親是寡婦再醮，她還有個妹妹，繼父的薪水不夠養家。)「汝良現在懂得沁西亞了。他並不願意懂得她，因爲懂得她之後，他的夢做不成了」。他決定不立卽向她求婚，不久沁西亞嫁了一個俄國下級巡官。汝良知道她如果有好的可以挑選，是不會找這種對象的。他去參加婚禮時看到全場

> 只有沁西亞一個人是美麗的。她彷彿是下了決心，要為她自己製造一點美麗的回憶。……她自己為自己製造了新嫁娘應有的神秘與尊嚴的空氣，雖然神甫無精打彩，雖然香伙出奇地骯髒，雖然新郎不耐煩，雖然她的禮服是租來的或是借來的。她一輩子就只這麼一天，總得有點值得一記的，留到老年時去追想。汝良一陣心酸，眼睛潮了。

這裏沁西亞像前面討論過的幾個少女一樣，也是在做一種「美麗而蒼涼的手勢」，爲自己「製造一點美麗的回憶」。婚後沒有多久，沁西亞托汝良找事貼補家用，又過了一陣，她患上傷寒症，在他探病後接著就死了。「汝良從此不在書頭上畫小人了。他的書現在總是很乾淨。」在汝良面前排演的沁西亞生平，不啻是《玻璃鞋》的情節走火入魔，美夢成魘。圖畫中的沁西亞和行述中的鄭川嫦都是假的，美化了的；她們沒有變成公主或王妃，她們一生—短促的一生—都是灰姑娘。

張愛玲筆下處境近似灰姑娘的女子並非全是消極被動，除做做「手勢」之外一切聽天由命。葛薇龍（〈沉香屑——第一爐香〉）和白流蘇（〈傾城之戀〉）就都比川嫦和沁西亞等人堅強積極。但是薇龍投靠做交際花的姑母以後，淪爲她手下的一株搖錢樹，嫁的也是靠女人吃飯的喬琪喬，結局還是淒涼的。她自認與妓女沒有分別，除了「她們是不得已，我是自願的！」——她是自投羅網的鳥，不能也不想奮飛了。流蘇離婚回到娘家，接著丈夫死了，棄婦和寡婦的雙重身份，使兄嫂視她如眼中釘，對她百般排擠。這天她正跪在母親床前申訴，聽到四嫂對她冷嘲熱諷，便說：「這屋子可住不得了！」她求母親援助，但母親不應，由她哭喊。恍惚中她憶起十來歲時在電影院門口同家人擠散的孤苦無告的往事。

……她似乎是魘住了。忽然聽見背後有脚步聲，猜著是她母親來了，便竭力定了一定神，不言語。她所祈求的母親與她真正的母親根本是兩個人。

那人走到床前坐下了，一開口，卻是徐太太的聲音。……流蘇……道：「嬸子，我……我在這兒再也獃不下去了。……」

徐太太爲她物色了一個對象，是海關職員，太太不久前死去，撇下五個孩子。誰知給她妹妹介紹的男子范柳原在相親時竟表示看中了流蘇。但是這人「把女人看成腳下的泥」，流蘇對他絕不信任，步步爲營。「她不能不當心——她是個六親無靠的人。她只有她自己」。這兩個心機很深的男女，一上來勾心鬪角，精打細算，最後卻弄假成眞，生了愛情，結爲夫婦。〈傾城之戀〉是張愛玲作品中唯一以有情人終成眷屬收場的一篇。但是流蘇不像灰姑娘那麼天眞純樸，她善於自衞，也勇於攻戰；徐太太不像仙姑教母那麼體貼周到，她的用心流蘇是頗爲懷疑的。柳原也只能說是漫畫化的王子形象（流蘇十分了解「他這人多麼惡毒」）。關於二人的結合，作者提出下面的評論：

他不過是一個自私的男子，她不過是一個自私的女人。在這兵荒馬亂的時代，個人主義是無處容身的，可是總有地方容得下一對平凡的夫妻。

這樣，兩個自私的男女在「不是羅曼蒂克的」情況下結爲一對平凡的夫妻。故事結尾說：

到處都是傳奇，可不見得有這麼圓滿的收場。胡琴咿咿啞啞拉著，在萬盞燈的夜晚，拉過來又拉過去，說不盡的蒼涼的故事——不問也罷！

在這段令人覺得餘音繞樑的鏗鏘的文字中，我們看得出流蘇與柳原的大團圓結局並不是童話裏所謂的 and they lived happily ever after，流蘇這個「傳奇裏的傾城傾國的人」——童話中純潔少女的反面——儘管有了「圓滿的收場」，卻仍然在排演著「蒼涼的故事」。

張愛玲曾說她的作品中沒有一個主角是「完人」：

> 只有一個女孩子可以說是合乎理想的，善良，慈悲，正大，但是，如果她不是長得美的話，只怕她有三分討人厭。美雖美，也許讀者們還是要向她叱道「回到童話裏！」在《白雪公主》與《玻璃鞋》裏，她有她的地盤。（《流言・到底是上海人》）

張這裏說的女孩子指言丹朱（〈茉莉香片〉），她自忖作品中這個唯一合乎理想的女孩子應該回到童話裏去，扮演灰姑娘或白雪公主的角色。這也等於說她創造的其他女孩子——至少上面提到過的幾個——都是從童話裏走了出來，進入沒有仙姑王子、奇遇鴻運的現實世界。張愛玲曾引用過契訶夫〈掛在頸上的安娜〉中幾段話，讚爲形容跳舞最好的文字（見《流言・談跳舞》）。契訶夫這篇小說的女主人公幼年喪母，父親酗酒，由她照顧兩個弟弟，爲了家計，十八歲時嫁給一個五十二歲的公務員，但丈夫待她非常嚴苛，使她無法藉此改善自己和父弟的處境。後來在一次舞會上，她的艷麗震驚四座，一舉成名，自此結交權貴，丈夫轉而對她敬畏奉承，並靠她得了勛章。這時她已棄父弟如敝屣，在路上碰到時視若無睹了。這位本來頗像灰姑娘的女郎搖身一變，成了灰姑娘的後母一般的人物。根據張愛玲自己的回憶，「雖然從小我僅有的課外讀物是《西遊記》與少量的童話，但我的思想並不爲它們所束縛」（〈天才夢〉）。她的中學國文老師曾勸她寫童話，她的答覆是不想寫（汪宏聲，〈記張愛玲〉）。事實上，張後來寫的是「反童話」，我們不妨說她把童話故事加以扭曲，寫成了極富獨創性的「傳奇」——「成人傳奇」。（張並不親近小孩，她「對於小孩……尊重與恐懼，完全敬而遠之。」《流言・造人》。）

3

賈寶玉說「女兒是水做的骨肉，男子是泥做的骨肉」（《紅樓夢》第二回）。張愛玲著作中的男女也常常令人覺得有這種差別。男子（除非女性氣很重的，如聶傳慶、潘汝良，甚至羅傑、安白登）顯得粗俗、自私、冷酷，而女人則比較溫柔、慷慨、熱誠。因此，張著與《紅樓夢》一樣，往往是女方容易動眞感情。（張的戀愛故事著重描寫女子，男方處於陪襯地位，可能只有〈紅玫瑰與白玫瑰〉和〈沉香屑——第二爐香〉是例外。）這裏可以〈色，戒〉爲例。女學生王佳芝由她所屬的地下愛國組織設下美人局刺殺一個好色的漢奸官僚易某。他們安排好由她帶他去買鑽戒時對他發動伏擊。在珠寶店裏選好鑽戒，二人等著看店主清帳：

陪歡場女子買東西，他是老手了，只一旁隨侍，總使人不注意他。此刻的微笑也絲毫不帶諷刺性，不過有點悲哀。他的側影迎著枱燈，目光下視，睫毛像米色的蛾翅，歇落在瘦瘦的面頰上，在她看來是一種溫柔憐惜的神氣。

這個人是愛我的，她突然想，心下轟然一聲，若有所失。

太晚了。

店主把單據遞給他，他往身上一揣。

「快走」她低聲說。

他逃走後立刻通知憲警宣布封鎖，除了主持刺殺行動的重慶特務脫逃以外，她和在店外埋伏的同伙都被抓到，當天就槍決了。那漢奸死裏逃生，想到她因救他而在他手裏送了命，「她臨終一定恨他。不過，『無毒不丈夫』。不是這樣的男子漢，她也不會愛他」。他覺得「他們是原始的獵人與獵物的關係，虎與倀的關係，最終極的占有。她這才生是他的人，死是他的鬼。」

照說佳芝是不大可能愛上這個大她二三十歲的矮小漢奸的，從上面引的幾段文字也看不出他眞正的愛她；他不像是個能眞正愛女人的男子，佳芝眼中看到的那種「溫柔憐惜的神氣」只怕也是她一時的幻覺，事後他不是還以「無毒不丈夫」竊竊自喜嗎？但是佳芝心理不正常，她做特工犧牲了童貞，同夥的同學對這一點的態度又很不好，給她很大的刺激。而且「權勢是一種春藥」，終於使她愛上了易先生這樣一個對象。〈色，戒〉使人想起張愛玲說過她的作品「主題欠分明」（《流言・自己的文章》）。這篇小說可以做爲實例來說明她自述的文學觀：

……我甚至只是寫些男女間的小事情，我的作品裏沒有戰爭，也沒有革命。我以為人在戀愛的時候是比在戰爭或革命的時候更素樸，也更放恣的。戰爭與革命，由於事件本身的性質，往往要求才智比要求感情的支持更迫切。……和戀愛的放恣相比，戰爭是被驅使的，而革命則有時候多少有點强迫自己。（《流言・自己的文章》）

戰爭和革命都是勉爲其難的事，需要施展才智，鼓起勇氣才能做到，因此屬於特殊情況；而「食色性也」，戀愛是最正常的本能活動，人在這種時候最容易顯出本色。在王佳芝覺得易某愛她而叫他快逃的一刹那間，她脫除了愛國、責任、同志等裝飾配備，赤裸裸無牽掛地返回「素樸」的，「放恣」的境界。至少在這個意義上，〈色，戒〉是張愛玲小說中最「現代」的一篇，簡直有存在主義的色彩。

在《流言》中有一篇散文〈愛〉，總共只有三百來字，不妨全抄在下面：

這是真的。

有個村莊的小康之家的女孩子，生得美，有許多人來做媒，但都沒有說成。那年她不過十五六歲罷，是春天的晚上，她立在後門口，手扶著桃樹。她記得她穿的是一件月白的衫子。對門住的年輕人，同她見過面，可是從來沒有打過招呼的，他走了過來，離得不遠，站定了，輕輕的說了一聲：「噢，你也在這裏嗎？」她沒有說什麼，他也沒有再說什麼，站了一會，各自走開了。

就這樣就完了。

後來這女子被親眷拐子，賣到他鄉外縣去作妾，又幾次三番地被轉賣，經過無數的驚險的風波，老了的時候她還記得從前那一回事，常常說起，在那春天的晚上，在後門口的桃樹下，那年輕人。

於千萬人之中遇見你所遇見的人，於千萬年之中，時間的無涯的荒野裏，沒有早一步，也沒有晚一步，剛巧趕上了，那也沒有別的話可說，惟有輕輕的問一聲：「噢，你也在這裏嗎？」

這篇短文顯示出張愛玲對愛情的一種態度。她既然要通過愛情來寫象人生，而「生在這世上，沒有一樣感情不是千瘡百孔的」（〈留情〉），愛情自然也不可能幸福美滿。前面說過，張著中有情人終成眷屬的結局絕無僅有，連白流蘇同范柳原的結合也並不眞正是圓滿的收場。許小寒（〈心經〉）甚至說「有了愛的婚姻往往是痛苦的」。一方面圓滿的愛情不可能有，有也是痛苦的，一方面不圓滿的愛情倒可能因爲殘缺而令人生出美感。〈愛〉雖只淡淡幾筆，其中故事有曲折，人物有發展，足可稱爲一篇小說的骨架。所寫的情景在張的小說中也出現過。例如曹七巧嫁到姜家，有一次哥嫂去看她，被她奚落，他們走後，她突然陷入回憶，想起未嫁前和肉舖的夥計朝祿調情嬉謔的事。那時候好幾個小夥子都喜歡她，「也許只是喜歡跟她開開玩笑，然而如果她挑中了他們之中的一個，往後日子久了，生了孩子，男人多少對她有點眞心」。然而她當然沒有嫁給他們中的任何人，這些往事徒然成了她老年時美麗而蒼涼的回憶。契訶夫一篇也叫〈愛〉的小說中有類似的情節。主人公阿里奧金回憶他大學畢業後幫他父親經營農場時，有許多年和一位有夫之婦心照不宣地相互傾慕著，終於她精神崩潰，需要就醫，丈夫也調升別處工作。到了最後道別的當兒，這對情人才彼此表露愛意。其時阿里奧金感到：

> 心痛如焚，恍然悟到使我們不能相愛的那些事物都是多麼無聊，多麼哄人。這時我才知道，人在戀愛的時候，對愛情的所有判斷都應該撇開幸福與悲苦、道德與罪惡的一切公認含義，從更高尚更重要的境界出發，否則根本就不應該作任何判斷。

這段話很可以爲前面所引張愛玲關於創作和愛情的文字做補充說明。

張愛玲筆下的愛情的另外一面可以從米堯晶（〈留情〉）、佟振保、范柳原和喬琪喬等男子的立場來探討。這是「沒有羅曼斯，只有羅曼斯的規矩」（《流言・談跳舞》）的一面；男女之間——或者毋寧說是男人對女人——的愛情僅僅是一些虛文，一些講究，一些規矩。米堯晶留學時同一個女同學結了婚，很不美滿，就娶了寡婦淳于敦鳳做姨太太，「這一次他並沒有冒冒失失衝到婚姻裏去，卻是預先打聽好、計劃好的，晚年可以享一點淸福艷福，抵補以往的不順心」。婚後他不能不去看看髮妻，敷衍一下，敦鳳爲此很不痛快。這天二人去看她舅母，中間米先生去探大太太的病，敦鳳就向舅母發牢騷：「我是，全爲了生活……要是爲了要男人，也不會嫁給米先生了」。小說結尾說：「生在這世上，沒有一樣感情不是千瘡百孔的，然而敦鳳與米先生在回家的路上還是相愛著」。佟振保從初戀、嫖妓、通姦到結婚都是成竹在胸，按部就班地進行，在他同紅玫瑰和白玫瑰前後兩次戀愛中，熱情的總是女方，冷靜的總是他。後來爲了母親而答應娶親，他母親托人爲他介紹，看到孟烟鸝，他就向自己說：「就是她罷」。而烟鸝婚後之所以愛他，「不爲別的，就因爲在許多人之中指定了這一個男人是她的」。葛薇龍最初以爲可以同喬琪喬眞心相愛，漸漸發覺他同他姑母梁太太和婢女睨兒這種半上流社會的女人一樣，是不懂得愛情的，她沒有法子，終於也接受他們的「規矩」，加入他們的羅曼斯遊戲了。白流蘇與范柳原的戀愛更接近「循規蹈矩的拉長了的進攻廻避，半推半就，一放一收的拉鋸戰。」（〈談跳舞〉）〈鴻鸞禧〉寫一對新派男女婚禮前後的經過，但著意敍述的是有關結婚的種種繁文縟節。小說的題目不過是反話，通篇沒有寫羅曼斯，只寫了羅曼斯的規矩。

4

張愛玲通過戀愛刻劃人性，她對戀愛持著這樣透徹的悲觀（姑且用這兩個字）態度，就難免推廣引伸，進而對人與人之間的關係也不樂觀了。婆媳、妯娌、兄弟姐妹之間不必說了，連傳統上視爲神聖的父母與子女的親情也靠不住。張愛玲中學畢業後，有一次她後母打了她反而誣說她打她：

> 我父親趿著鞋，拍達拍達衝下樓來，揪住我，拳足交加，吼道：「你還打人，你打人我就打你！今天非打死你不可！」我覺得我的頭偏到這一邊，又偏到那一邊，無數次，耳朵也震聾了。我坐在地下，躺在地下了，他還揪住我的頭髮一陣踢。

她父親聲言要用手鎗打死她。她害了嚴重的痢疾，病了半年，差一點死了，父親卻不給她請醫生；這自然會成爲難以忘記的創痛。她的小說中不止一次出現過父母傷害兒女的情節。虞家茵的父親是她婚姻和事業的最大破壞者，聶介臣把兒子打成半聾，曹七巧在精神上扼殺了兒女。兒女生病而父母不盡力設法治療的事也有。姜長安患了痢疾，七巧不替她求醫，倒勸她抽鴉片烟減少痛苦，等病好了卻上了癮。鄭川嫦病入膏肓以後，父母就都不願意出錢爲她買藥。她父親說：「明兒她死了，我們還過日子不過？」

張著中一家人彼此的關係在很大程度上屬於《金瓶梅》和《紅樓夢》的傳統。她自己承認「這兩部書在我是一切的泉源，尤其是《紅樓夢》」（《紅樓夢魘・自序》）。（她受這兩部小說的影響既大且深。曹七巧儼然是一個二十世紀的潘金蓮。）一九四四年她在一篇文章中談到自己從童年到長大看《紅樓夢》的感受，「現在再看，只看見人與人之間感應的煩惱」（《張看・論寫作》）。她可能除了親身的感受以外，也由賈府（和西門慶家）中各成員之間的關係進而看穿了人與人之間的關係，看出「『人』是最拿不準的東西」（《流言・燼餘錄》）。最可怕的莫過於一個弱者的無告的處境。在前面引過的關於鄭川嫦企圖買藥自殺的文字裏，張指出人們可以接受「戲劇化的，虛假的悲哀」，但是路人對於重病的川嫦卻只懷著厭惡和恐懼，沒有任何同情心。那段文章所描寫的路人會使讀者聯想到魯迅經常提到的愛看別人遭到厄運（包括被殺）的路人。魯迅認爲「人類的悲歡並不相通」（《而已集・小雜感》），張愛玲也不止一次形象化地寫到這一點。白流蘇離婚後在娘家走投無路，恍惚中記起十來歲時看完戲在大雨中同家人擠散的事：「她獨自站在人行道上，瞪著眼看人，人也瞪著眼看她，隔著雨淋淋的車窗，隔著一層層無形的玻璃罩——無數的陌生人。人人都關在自己的小世界裏，她撞破了頭也撞不進去。」〈封鎖〉開頭有相當近似的描寫。宣佈封鎖以後，人們亂跑著找掩蔽：

商店一律的沙啦啦拉上門。女太太發狂一般扯動鐵柵欄，叫道：「讓我們進來一會兒！我們這兒有孩子哪，有年紀大的人！」然而門還是關得緊騰騰的。鐵門裏的人和鐵門外的人眼睁睁對著看，互相懼怕著。

作爲小說家的張愛玲對自己筆下的這些人物和情景，除了極感興趣以外，不作任何價值判斷。魯迅通常不免要對他們的麻木、愚蠢和殘忍表示痛心疾首（在小說和散文中比較含蓄），張則認爲「幸災樂禍的路邊的人——可憐，也可愛。」（《流言・道路以目》）中國近代不乏憂國憂民的作家，但像張這樣潛心地以藝術家的「冷眼」觀察社會人生的卻實在少見。她曾在一篇散文談到二次大戰期間日本攻佔香港前後她的經驗和感受：

到底仗打完了。乍一停，很有一點弄不慣；和平反而使人心亂，像喝醉酒似的。看見青天上的飛機，知道我們儘管仰着臉欣賞它而不至於有炸彈落在頭上，單為這一點，便覺得它很可愛。（〈燼餘錄〉）

她去大學臨時醫院當看護。「我是一個不負責任的，沒良心的看護。」她對一個尻骨患腐爛症的人感到厭恨，對他痛極時的呼喊充耳不聞，直到所有病人被吵醒後都幫著叫她，她才勉強去應付了一下。那人在拂曉時死了，她們當助理看護的「都歡欣鼓舞」，到厨房裏，「用椰子油烘一爐小麵包，味道頗像中國的酒釀餅。雞又叫，又是一個凍白的早晨。我們這些自私的人若無其事地活下去了。」

《流言》中有幾篇自傳性的散文（如〈童言無忌〉、〈燼餘錄〉、〈私語〉）可以當做寫實小說來讀，但是上面這樣毫不掩飾的峻冷的自剖，在中國現代文學史上除魯迅以外沒有人做到過。張不是「載道」一派的作家，她對人性中的善惡都抱著熱切的興趣觀察欣賞，然後以冷靜的筆法如實描繪。如其說她對自己創造的人物的善的光明的一面感到欣慰，倒不如說她對他（她）們的「自私」，他（她）們「那種不明不白，猥瑣，難堪，失面子的屈服」懷著更大的同情。她說「我寫到的那些人，他們有什麼不好，我都能夠原諒，有時候還有喜愛，就因爲他們存在，他們是眞的。」（〈我看蘇青〉）王佳芝在刻不容緩的緊急關頭爲了愛而背叛了自己的使命，她的創造者在香港之戰結束後，因爲侵略者的飛機不會再轟炸而「覺得它很可愛」，這就是張愛玲筆下比較赤裸比較全面的人性。她對她的所有人物都能移情同感，而且一視同仁，不用好壞善惡的標準來褒貶他們❸。她「不喜歡採取善與惡，靈與肉的斬釘截鐵的衝突那種古典的寫法。」（《流言・自己的文章》）這就是張愛玲的小說家胸懷，這種胸懷在中國小說史上是不可多見的，因此也是值得珍視的。

——一九八二年六月七日

---

❸ 夏志清說：「張愛玲的同情心是無所不包的。」（《中國現代小說史》，第十五章。）

向使當初身未死

——魯迅五十年祭

一九二七年，魯迅在一次演講——後來成爲一篇有名的文章——裏說：

> 文學家生前大概不能得到社會的同情，潦倒地過了一生，直到死後四五十年，才為社會所認識，大家大鬧起來。（〈文藝與政治的歧途〉）

魯迅生前已經成其大名，被認爲有獲得諾貝爾文學獎的資格；儘管他自己否認，他也確實有這個資格。現在他逝世正好五十年，關於他的論著已經浩如煙海，在大陸上他更是老早就「爲社會所認識，大家大鬧起來。」例如從一九五六年到一九八一年，二十五年間接連出過三部《魯迅全集》。（一九七三年那部不顧先前一部在作品增補和注釋方面的重大貢獻，而從政治偏見出發，完全照一九三八年版「重行排印」，在中國出版史上留下一個不小的笑話。）作爲文人，魯迅「贏得生前身後名」，絕不「潦倒」。這裏趁他逝世五十周年的當口，就三個題目簡短地討論一下，權算是向他獻上的三爐香吧。

(一)身邊瑣事

魯迅在文學上的見解不消說超過當時的絕大多數作家。隨便舉幾個例：他看出《金瓶梅》「作者能文，故雖間雜猥詞，而其佳處自在」，認爲「作者之於世情，蓋誠極洞達，凡所形容，或條暢，或曲折，或刻露而盡相，或幽伏而含譏，或一時並寫兩面，使之相形，變幻之情，隨在顯見，同時說部，無以上之。」他對《海上花列傳》的「平淡而近自然」的評語連胡適都稱引過；貶張天翼的小說爲「油滑」、「冗長」，嘲毛澤東的詩詞有「山大王」氣，也都是一針見血之論。

但是由於思想上的先入之見，魯迅有時會發出以偏概全的牽強議論。他一九三六年二月三日——死前八個半月——給日本魯迅研究者增田涉的信裏說：

葉的小說，有許多是所謂「身邊瑣事」那樣的東西，我不喜歡。

葉指葉聖陶，他的小說寫得並不壞，只是量不多，未能成家，這且不去管他；「身邊瑣事」能不能寫卻是個不容忽視的問題。

主題性過於強烈、單純和明顯，這是五四運動以後小說家筆下的一個通病。誠然，天下興亡，匹夫有責，他們蒿目時艱，不免慷慨激昂，興文學報國之志。但文學畢竟是專業，自有其標準，不是僅憑一腔熱血便可以奏功的。左拉、都德和莫泊桑都寫過關於普法戰爭的小說，而都能控制激情，保持冷靜。二次大戰期間，沙特、卡繆和馬爾羅都實際參加過抗德工作（沙特和馬爾羅曾被德軍俘虜，從戰俘營中脫逃後繼續爲祖國的解放效力），提起筆來卻未必「主題先行」，大寫其愛國小說或劇本。談到自己的《徬徨》時，魯迅曾感慨地指出「雖然脫離了外國作家的影響，技巧稍微圓熟，刻劃也稍加深切，如〈肥皂〉、〈離婚〉等，但一面也減少了熱情，不爲讀者們所注意了。」（《中國新文學大系》小說二集序）現在看起來，被認爲是新文學史上第一篇白話小說的〈狂人日記〉根本不是成功的作品，與果戈里的那篇對比起來，高下立見。一篇有聲有色、有血有肉，另一篇則充滿了露骨的象徵，缺少生活的氣息。從藝術的觀點來看，〈肥皂〉和〈離婚〉確是較〈狂人日記〉等「圓熟」、「深切」，雖不受注意，卻不足介意。《徬徨》以後他漸漸放棄創作，全力經營雜文，這才是值得惋惜的事。不管他的雜文寫得怎麼好，如今讀來總難免有明日黃花之感，不那麼扣人心弦了。

不喜歡所謂「身邊瑣事」那樣的東西，意思不外是說身邊瑣事不夠重大，不夠迫切。但文學應該像海洋，可以容納衆流。《金瓶梅》和《紅樓夢》所共有的一個獨到處就在於善寫身邊瑣事；《金瓶梅》一反其前中國小說的傳統，從最典型的英雄說部《水滸傳》中挑出一個揷曲來鋪張敷衍，以身邊瑣事爲主，創造出西門慶這個「反英雄」(anti-hero)式主角，是了不起的創舉，也是它對中國寫實主義小說的最大貢獻。

莎士比亞《亨利四世下篇》第二幕第二場開頭有這樣一段對話：

親王：皇天在上，我真是累極了。

波因斯：會有這種事嗎？我還以為疲乏絕不敢招惹到您這樣的大人物身上呢。

親王：可它硬是招惹到我身上來了，儘管我這樣承認是有失尊嚴的事。我想喝點兒淡啤酒，這是不是有失身分？

波因斯：當然，堂堂的王子不該這麼沒出息，想起這種淡而無味的東西。

親王：那麼大約是我的口味不合親王的身份了，因為說老實話，我現在確是在想淡啤酒這下賤東西。可是這種卑賤的想法使我厭倦於自己的高貴地位了。要記住你的名字，或者明天還能認得你的面目，這我可覺得太可恥了！還要注意到你有幾雙絲襪：現在這一雙，跟本來是挑色的那雙；或者你有幾件襯衫，一件是備用的，一件是現穿的。……

奧爾巴赫（Erich Auerbach）在其名著《摹擬：論西方文學中對現實的描寫》（*Mimesis: The Representation of Reality in Western Literature*）中就這個片段作了非常精闢的分析。以親王之尊而想喝淡啤酒，而注意到微不足道的小人物的姓名、相貌和衣著——奧爾巴赫發現莎士比亞字面上以滑稽的筆法對此表示不齒，事實上卻在諷刺其時開始流行的將崇高境界（the sublime）與現實生活嚴格區分的趨勢。奧爾巴赫認爲這段對話中「沒有一處想對日常用具避而不談，或（一般說來）對日常生活過程避免作具體描寫。」莎士比亞也不輕視身邊瑣事的。

魯迅的某些小說——如〈狂人日記〉、〈藥〉、〈長明燈〉等——旨意顯豁，讀來不無粗淺之感，在當時的情況下是無法苛責的。令人遺憾的是他淺嘗即止，只寫了薄薄的兩個集子就過早地停止創作，沒有像果戈里、陀思妥耶夫斯基等前輩和卡夫卡（一八八三—一九二四）等同時代作家那樣寫出很多主題性和藝術性並重的作品。有時過於重視主題，藝術上未能精益求精，結果就往往忽略現實生活，削弱了人物和故事的眞切感。能不能賦給作品以生命，是一個小說家的試金石，《阿Q正傳》之所以成功，正是因爲魯迅利用了他所熟悉的日常細節描摹出一個靈動逼眞的人物。

(二)黑暗的閘門

許壽裳說，魯迅早年學醫「是出於一種尊重生命和愛護生命的宏願，以便學成之後，能夠博施於衆。」(〈亡友魯迅印象記〉)後來受了些刺激，相信「上醫醫國，其次救人」，轉而從事文學。下面這段話充分顯示出他這種捨己爲人的理想主義：

> 先從覺醒的人開手，各自解放了自己的孩子。自己背著因襲的重擔，肩住了黑暗的閘門，放他們到寬闊光明的地方去，此後幸福的度日，合理的作人。(〈我們現在怎樣做父親〉)

在《說唐》中，雄闊海托住千斤閘讓各路反王逃出揚州，終於力盡，死於閘下。夏濟安先生的英文遺著 *The Gate of Darkness*(《黑暗的閘門》)書名是他去世後，夏志清先生爲他定的，很符合該書的主題。魯迅那時代許多人是爲了除舊迎新、革命救國而拿起筆桿的；對他們來說，文學是手段，不是目的。據許廣平回憶，魯迅在北平有一段日子與教育總長章士釗等人對壘，心情極爲惡劣：「遏阻民族覺醒，借外力壓迫，假手於正人君子和章士釗們而給青年學子以暴力的鎭壓，這『黑暗的閘門』，先生獨力肩住著。」（〈欣慰的紀念〉）。冒死擎舉千斤閘放別人逃生的事，中國古代不但演義中渲染過，史書裏也很早就有記載。孔子的父親叔梁紇就是這樣的烈士。《左傳》襄公十年說：

晉荀偃士匄請伐偪陽，而封宋向戌焉。荀罃曰：「城小而固，勝之不武，弗勝爲笑。」固請。丙寅，圍之，弗克。孟氏之臣秦堇父輦重（挽重車）如役（從軍），偪陽人啓門，諸侯之士門焉（見門開，故攻之）。縣（懸）門發（機發而門下），郰人紇（郰孔子父叔梁紇，魯郰邑人）抉之，以出門者（手舉縣門，使被關在門內者得出）。

（轉引自李亞農《西周與東周》第十二章，括號內的注解也是他的。）

另外，據說孔子也和他老太爺一樣有過類似的壯舉。《墨子・非儒篇》：

孔丘為司寇，舍公家而奉季孫。季孫相魯君而走，季孫與邑子爭門關，決植。

這段話很不好懂，郭沫若的闡釋是：「這故事頗殘缺，『決植』兩字上當有奪文，不過意思是可領會的。決假爲抉，植是戶旁柱，相傳『孔子之勁舉國門之關而不肯以力聞』，『決植』大約就是當季孫逃走時，城門掩上了，逃不出，而孔子替他把城門挺上了。」（《十批判書・孔墨的批判》）郭稱孔子爲「千斤大力士」。他在注裏說引的那句話出自《呂氏春秋》，又引《淮南子》中「孔子勁杓國門之關」和「孔子……力招城關」兩句作爲旁證。寫這些文字的時候（一九四四）郭自承「比較推崇孔子和孟軻，是因爲他們的思想在各家中是比較富於人民本位的色彩」。他肯定「孔子是袒護亂黨，而墨子是反對亂黨的人！」而所謂「亂黨」，「在當時都要算是比較能夠代表民意的新興勢力」。這就很近似魯迅筆下托千斤閘的英雄，也表示這種形象在中國是古已有之的了。（文革期間郭沫若一反自己過去的論斷，亦步亦趨地跟着批孔揚法，醜態畢露，這裏按下不表。）

除了黑暗的閘門下的英雄以外，魯迅對希臘神話中的普羅米修斯推崇備至，早於一九〇七年就在〈摩羅詩力說〉裏指出雪萊的 Prometheus Unbound（解放了的普羅米修斯）

> 假普洛美迢為人類之精神，以愛與正義自由故，不恤艱苦，力抗壓制主者僦畢多，竊火貽人，受縶於山頂，猛鷲日啄其肉，而終不降。僦畢多為之辟易；普洛美迢乃眷女子珂布亞，獲其愛而畢。珂布亞者，理想也。

魯迅這篇長文後來被茅盾讚爲「像普羅米修斯偷天火給人類一樣，給當時的中國知識界運輸了革命的精神食糧。」（〈向魯迅學習〉）終其一生，魯迅始終以普羅米修斯自詡：

> 人往往以神話中的 Prometheus 比革命者，以為竊火給人，雖遭天帝之虐待而不悔，其博大堅忍正相同。但我從別國裏竊得火來，本意卻在煮自己的肉的，以為倘能味道較好，庶幾在咬嚼的那一面也得到較多的好處，我也不枉費了自己……（〈「硬譯」與「文學的階級性」〉）

他顯然認爲竊火和舉閘是同樣壯烈的捨己爲人的行爲：光明（火）和黑暗（閘）也正是魯迅和同時代作家的文字中經常出現的象徵。從郭沫若（詩集《女神》，一九一九—二〇），殷夫（詩〈別了，哥哥〉，一九二九），鄭振鐸（短篇小說集《取火者的逮捕》，一九三四），到艾青（詩〈火把〉，一九四〇），都歌頌過普羅米修斯偸送人類的禮物。聞一多甚至因爲人們「說郭沫若有火，而不說我有火，……這樣的顚倒黑白，」而憤憤不平起來。火代表光，代表熱，看聞的意思，不說他有火等於不把他視爲好作家，成了一種侮辱了。

一九四六年——法國從德國佔領下獲得解放的第二年——卡繆寫了一篇〈地獄中的普羅米修斯〉（Promethée aux Enfers），結尾說：

> 在歷史最黑暗的深處，普羅米修斯式的人物一面堅守自己困難的崗位，一面注視著大地和堅持不懈的小草。這帶著鎖鍊的英雄在諸神的轟雷閃電中仍穩靜地保持對人類的信心。這就是為什麼他比那塊大石還要堅硬，比那隻巨鷹還有韌性。對我們而言，他的頑強比他對諸神的反叛更富有意義。……

這段文字寫於一九四六年，十年之前去世的魯迅大體上該是會欣賞的。黑暗、大地、小草、雷電、大石、巨鷹、反叛、頑強、韌性、帶鎖鍊的英雄、對人類的信心等都是魯迅著作中出現過或者暗示過的概念和意象。魯迅一再抱怨（尤其在書信中）寫稿時旣要預防被禁，又得避免十分無謂。他稱這種困境為「上了鐐銬的跳舞」或「帶了鎖鍊的跳舞」，屢次以「大石底下的草」，「大石下的崩芽」，「大石壓植物」和「大石下的植物」來形容自己和某些作家在當時文壇上的處境。他在一本英譯中國短篇集《草鞋腳》（此書當時未出版，一九七四年才由美國麻省理工學院出版社印行）寫的序裏說，中國的短篇小說「恰如壓在大石下面的植物一般，雖然並不繁榮，它卻在曲曲折折地生長。」也還是雄闊海頭上的千斤閘和普羅米修斯身邊的大石的變相說法。

(三)向使當初身未死

魯迅晚年積極參加了左翼作家聯盟。主要由於這個原因，不但中共，連有些反共人士也想把他說成是共產黨。事實卻並不這麼簡單明瞭。他與所謂「四條漢子」和徐懋庸等的交惡不必說了，他與郭沫若等後來成為中共顯要的左派文人之間的關係也十分曲折複雜，至少打過筆戰而至終沒有完全和好。

中共某些人為了要引魯迅為「同志」，念念不忘魯迅死後治喪委員會名單中沒有毛澤東名字的事，最後硬給加了上去。一九七九年茅盾在一篇談話錄中曾特別辯正：「魯迅是偉大的，這並不在於治喪委員會有沒有」毛澤東的名字。他並談到一向被中共引以為榮的所謂魯迅「祝賀紅軍長征勝利」信件，說他自己抗戰期間在延安住了半年多，曾和毛、周（恩來）談到魯迅，而毛沒有提過這封賀電。他認爲「沒有必要從這件事證明魯迅是偉大的共產主義者。」言下之意，幾乎令人懷疑有沒有這碼子事。茅盾是老共產黨，也拉魯迅爲「共產主義者」，然而畢竟與衆不同，說出這樣苦口婆心的話。〔看來沒有發生多大作用——例如刊載這篇文字的《魯迅研究專刊》（一九七九）就又印了這封信件的殘片，而且大作其文章。〕魯迅與中共的關係確實值得研究，但必須像茅盾所希望的那樣，「要紮紮實實地，實事求是地」研究，而「不要搞形而上學，不要神化」他才行。

那麼，如果魯迅一九四九年以後還活着，他在大陸上會有什麼下場？這是他的許多讀者心裏必定會發生的疑問。魯迅死的時候五十五歲，一九四九年（中共在大陸當政）六十八歲，一九五七年（反右派運動）七十六歲，一九六六年（文革開始）八十五歲，都不是不可能享到的壽數。

在大陸上，一九五〇年代毛澤東先是揚言准許「百花齊放，百家爭鳴」，隨即把「右派」的可怕的帽子像緊箍咒一樣套到鳴放者的可憐的頭上。於是眞地就有不少人公開表示——當然只是口頭上，而未敢形諸筆墨——「魯迅如果活到今天，他一定也是『右派』。」（到一九五七年左右，當年同魯迅最親近的三個青年作家蕭軍、胡風和馮雪峯先後被整肅掉，距魯迅自己被打成「右派」也就不那麼遠了。）

一九八一年魯迅誕生一百周年，大陸上發表了難以數計的紀念文字。上面這句話是從許傑〈紀念魯迅先生誕辰一百周年〉一文裏引來的。乍看題目，這像是篇平泛的應景文章，但內容卻頗不含糊：

他不會阿諛，他厭惡瞞和騙，他正視現實，要睜開了眼看。我們試想，當著有人表面提倡羣言堂，而實際卻在實踐一言堂；報紙上年年宣傳大豐收，畝產幾萬斤，事實上卻有多少人，在餓肚皮、逃荒要飯甚至於餓死。這種瞞和騙的現象的存在，對於敢於面對現實、正視現實的人，能視而不見，聽而不聞嗎？

許傑甚至針對文革期間亂捧魯迅和反儒批孔的運動而封魯迅爲「現代中國的孔夫子」，因爲

在過去，在中國的文化歷史上，孔丘對於中國文化的影響，孔丘學說給予中國文化和中國人民生活的影響，不管你是高唱「打倒孔家店」或是什麼擁護「大成至聖先師」

等等的口號，內容雖截然的不同，但他的對於中國文化和中國人民生活的影響，卻是同樣，並且起著明顯的作用的。

由此推廣引伸，許傑認爲魯迅的「著作和影響，將由事實來證明，他將比那種人爲的把自己製造成『神』，到處樹起了『偶像、希望，永垂不朽』的企圖，還會不朽得若干倍。」這裏和前面引的那段話中的「有人」指的是誰昭然若揭，不必辭費了。許傑是老左派，當年被反共作家詆爲「文奸」，二十年（一九五七—一九七六）中創巨痛深，總算說出了內心深處的眞話。

文革期間，除了極少數人以外，魯迅同時代的作家一覺醒來，幾乎全都變成牛鬼蛇神，被關進牛欄去了。我們姑且假定魯迅一九五七年沒有被整，那麼「十年浩刼」期間他會像郭沫若那樣厚顏無恥嗎？想來該是更不可能的事。當黑暗的閘門千斤壓頂的時候，他該會挺直自己瘦小的身子，拚力托住，放別人「到寬闊光明的地方去」的吧。白居易〈放言〉詩云：「周公恐懼流言日，王莽謙恭未篡時；向使當初身便死，一生眞僞有誰知？」魯迅「當初身便死」了，但我想，即使活到反右或文革時期，他的一生也會是「眞」的，至少不會是「僞」的。

——一九八六年九月十四日

《未央歌》的童話世界

1

《未央歌》一九五九年問世，現在我手邊有兩種版本：一九七五年「增訂臺十一版」精裝本和一九八八年「普及四十二版」，無疑是四十年來臺灣的最暢銷書之一。鹿橋大學畢業後不久於一九四四年初動筆，一九四五年初夏二十六歲生日那天脫稿。這樣年輕能一鼓作氣創作出這樣一本五十多萬字的大部頭小說，其熱情和魄力都很可佩；而作爲一部少作，也自有其明顯的局限性。

此書背景就是抗戰期間他的母校西南聯大，但情節人物卻與當時大後方艱困危急的氣氛有很大的距離，使讀者不免納罕，有人甚至會視之爲逃避現實的文學。

或許是針對這種反應，一九六七年鹿橋作了這樣的解釋：

抗戰時期大家都感到世事變得特別加快，……寫這種小說更怕為身邊的變化帶著跑得喘不過氣來。……為了一定要另創一個比較永恒的小說中的世界，我想只有用風快的刀一下把兩個世界割開。❶

這段話的旨意我們可以在《懺情書》中找出一些有關的線索。該書是「準備《未央歌》的一個小素描文集」❷，在鹿橋三部著作中出版最晚（一九七五）而成稿最早，所收文字絕大多數寫於他十九到二十歲那年。最後一部份，〈黑皮書〉，是一九三九年初他唸西南聯大時兩個月的日記，短短只有五十多頁，卻發了不少牢騷。學校某些單位不負責；設備不全，沒有地方做功課；教授愛發脾氣；學生懶散，不願接近教授；有人只想混學位；有人畢業後用非所學，而政府和學校都視若無睹；有人窮到偷同學衣物；彼此態度淡漠，相互猜疑。凡此種種，都與《未央歌》形成強烈的對照。在小說中，聯大教職員循循善誘，愛學生如子女；學生間更是親愛精誠，進取向上；書中有名有姓者儘管幾乎全來自淪陷區，卻大都環境

❶〈再版致未央歌讀者〉（以下稱〈再版序〉），頁五。
❷同上，頁七；又見《懺情書》〈前言〉頁四。

很好，有親人隨時寄生活費。四個主角不是系出名門就是家庭富裕，不虞衣食。連光景差些的學生，也因能夠進入這樣一所最高學府讀書研究而慶幸，「忘了衣單，忘了無家，也忘了飢腸，確實快樂得和王子一樣。」(頁十三)

一九七五年鹿橋爲《懺情書》寫的〈前言〉裏有這麼一段話：

> 那時空氣中很多陰雲，恐怕今天也不是完全消散了。我們有時用更醜惡的字眼描寫自己，說自己是惡棍、殘酷，甚麼的。今天知道當年那無知又無罪的情形，看了那些抗議性的自責字眼兒，不免提筆給塗改了許多。人老了總是心變慈愛了才正常。(頁九)

同樣，事過境遷，提起筆來寫小說時：「那些從前的『不好』，也就都變成又乖又好了。」❸

《未央歌》便像是把當年的現實「塗改」以後再著意美化的結果。在〈謝辭〉中作者說他「一心戀愛我們學校的情意無法排解，我便把故事建在那裏。」又在正文裏現身說法——

❸《懺情書》〈前言〉，頁一二。

《未央歌》始終大量使用全知敍述觀點（omniscient point of view）——替他筆下的人物設想畢業後對母校的眷戀之情：

> 終於，誰也免不了有那麼一天。被送出校門了。……那時誰能沒有感觸呢？……有人就嗚咽出一些美麗的文字來，讓它去激盪每一個有同感的人的心。讓他們時時不忘那些黃金似的日子。（頁八四）

畢了業回想起來，求學時代就變得「那麼特殊」❹，成了「黃金似的日子」，作者寫《未央歌》時希望表達的也就是「那份黃金也似的美好！」❺連不好的都變成又乖又好了。全書共有十七章，從第十三章起每章冠以二三句詩詞，而且排在目錄中，類似標題。這些句子充滿追往懷舊的氣氛，最後一章「且縱歌聲穿山去，埋此心情青松底，常棲息。」更顯得不勝低徊，而其作者呂黛正是鹿橋「用女人聲口寫文章的筆名」❻，彷彿書要結束時他情不

---

❹《未央歌》〈前奏曲〉。

❺〈再版序〉，頁五。

❻《懺情書》〈前言〉，頁一一。

自禁，在全知觀點以外還要進一步進入故事裏去加重他對似水華年的懷念和珍惜。

■

在這種情況下，《未央歌》就成了一本理想化的浪漫主義作品，鹿橋所說「這故事完全是憑空撰來」❼，似乎應該從這個角度去理解。有的讀者可能會聯想到《平山冷燕》，二者都以兩對才子佳人戀愛成功爲結束；也有的讀者會聯想到英國的牧歌傳奇（pastoral romance）《阿卡狄亞》（*Arcadia*）❽，其中也用天馬行空的筆法描寫兩對品貌兼優的王子和公主有情人終成眷屬。

阿卡狄亞原是古希臘一個山區，在西方早已成爲世外桃源的同義詞。錫德尼（Sidney）的書由於刻劃了一個夢幻似的洞天福地，出版後一紙風行，爲當時（伊莉沙白朝）生活艱苦而枯燥的讀者所歡迎。鹿橋對世外桃源的境界顯然也頗爲憧憬。《未央歌》第十六章余孟勤到邊區勞軍，順便去探望正在研究當地語言的藺燕梅，在天主堂等她出來的時候，他覺得「這是一個神仙去處，是個偶然機緣湊巧可以闖入的勝境，而不是個可以尋求的地方。……

---

❼《未央歌》〈謝辭〉，頁六一四。

❽ Phillip Sidney（一五五四—八六），*The Contess of Pembrooke's Arcadia*。

他心上雖說愉悅，卻又有點茫然，他覺得自己不是桃源中人，而且來得也如武陵漁夫，心上全無準備，也許終以俗客被逐。他完全不相信這一切是眞境……」（頁五九五—九六）。

後來在《人子》裏鹿橋就創作了〈獸言〉這篇接近〈桃花源記〉的故事，甚至寫出「可以成爲世間的天堂：至眞、至善、也至美」這樣的句子（頁九四），乾脆帶讀者進入了童話。

鹿橋的三部作品中都時常具體地提到童話，或使我們想到童話的情境。大概由於下筆時全憑記憶，有時不免弄錯。例如《未央歌》裏把愛神丘比得誤作阿波羅（頁一九七）。在大學時寫給女朋友的一封情書裏說二人分手以後「頂針也送不到」，然後自己加注說：「頂針就是頂針，就是頂針嚟！就是彼得潘送給溫底的那個。」❾實則彼得潘送給溫底的是一個橡實形鈕扣，溫底給他的才是頂針。（這點很重要，因爲她把鈕扣放在項鍊上，後來靠它救了命。）日記裏提到英文作文課寫 *Nightingale and the Rose*——王爾德（Wilde）的一個童話——讀後感❿。《人子》〈宮堡〉篇的情節則近似安徒生的〈豌豆上的公主〉。

---

❾《懺情書》，頁一八八，一九〇。

❿《懺情書》，頁二〇八。

下面我們集中探討一下《未央歌》與童話的關係。

2

許多童話有種種不同乃至相反的說法。根據佩羅（Perrault）的本子⓫，《灰姑娘》結尾時，繼母的兩個女兒誠惶誠恐，跪下請求原諒，灰姑娘不但「全心全意原諒了她們」，而且「希望她們永遠愛她」。格林童話集第一版（一八一二）只提到繼母和兩個姐姐看到她嫁給王子，氣得臉都白了；在第二版（一九一八年），灰姑娘卻眼看著兩隻白鴿把兩個姐姐的眼珠啄出而無動於衷。在佩羅本裏，狼吃掉小紅帽的祖母以後偽裝是她，把小紅帽也吞食了。格林兄弟收了兩種不同的說法，卻都以狼害人不成反而自己喪命收尾。

但一般人對童話的印象卻比較狹隘，每當發生了出奇圓滿的事情，人們往往會脫口而出：「這簡直像童話！」⓬在《未央歌》裏，童孝賢隨幾個人去米線大王店裏過舊曆年，看

⓫ Charles Perrault, *Histoires ou Contes du temps pass'ee, avec des Moralitez*(Paris，一六九七），又稱 *Contes de ma mere l'Oye*，即《鵝媽媽的故事》。

⓬ 參看 *Max Lüthi, Once Upon a Time: on the Nature of Fairy Tales*, tr. Lee Chadeayne and Paul Gottwald（Bloonington: Indiana University Press, 1976），p. 21,

到過年節的擺設時也不禁叫了起來：「這成了神話了！我們簡直是走進了那個神秘的小木桶裏了。大吃大玩，然後又忽的一下子，什麼都沒有了，還是一個小木桶子。」（頁一一六）

⑬《未央歌》就是像這樣的一種童話——鹿橋通常稱之爲「神話」⑭——世界。〈緣起〉所寫的西南聯大校園已經帶有童話的氣息。緊接著〈楔子〉起頭說「當初」有這麼一個置地興學的故事，但「當初」是在多少年之前，誰也說不清了。那時有過這麼一件

（續）Iona and Peter Opie, *The Classic Fairy Tales* (N. Y. and Toronto: Oxford University Press), p. 13. 事實上，至少在古典童話裏，常有不愉快的故事發生，結尾也未必大團圓，有的主角甚至性命不保。

⑬ 看語氣不像是童在信口開河，但我遍查各種有關的童話資料（包括 Stith Thompson 的百科全書性專著 *The Folktale*），找不到這是指哪個具體故事。這個神秘的小木桶或許是從《天方夜譚》中阿拉丁（Aladin）的神燈和安徒生的〈打火匣〉等得到的啓示。

⑭「童話」這個詞英文是 fairy tale，法文是 conte de f'ees，但在世界各地這種故事都是歷代口傳下來的民間傳說或神話，既非專以兒童爲對象，絕大多數也沒有仙女出現。英文裏也稱爲 household tale，或廣義地用 folktale 一詞。嚴格說來，德文的 märchen 可能比較貼切。參看 Stith Thompson, *The Folktale* (Berkeley: University of California Press, 1977), p. 4, pp. 7-8, Bruno Bettelheim, *The Uses of Enchantment : The Meaning and Importance of Fairy Tales* (N. Y. : Knopf, 1976) ,p.26.,

神妙的事，既然這事無恙地傳說下來了，還追究它的來源幹什麼呢？後來西南聯大就地建校，使流亡學生得以復學：

> 在那種年輕的快樂的日子裏，那種多幻想，求奇蹟的青年人們，竟自自然然，大大方方地消化了這麼一件奇異的幸運，似乎「意外的好運」永遠該是意中的。而「逆境」兩個字竟不知該做什麼解釋。（頁九—一〇）

這段文字不但令人想起「從前」（Once upon a time）這種開頭，其措詞和旨意也近似童話。

■《懺情書》裏雖然收了如實寫來的日記，其他文字則已經有了顯著的浪漫主義跡象；距《未央歌》三十年以後成稿的《人子》是「寫給九歲到九十九歲的孩子們看的故事。九歲以前的就由母親講給他們聽。」⑮這樣，前後三部著作有逐漸理想化——童話化——的傾向，

---

⑮《人子》〈前言〉，頁一。另外他說該書是「一串兒寓言式的小故事。」〈原序〉，頁二。

我們不妨藉狼這個野獸的形象來加以印證。

在西方傳統寓言和古典童話中，狼通常扮演著兇惡的角色，貝特爾海姆 (Bettelheim) 甚至稱之爲「我們最殘暴的敵人」⑯。《懺情書》〈前言〉開頭解釋該書與《未央歌》和《人子》的不同說：「這裏……沒有小花豹，卻跳出一條蒼狼，一口把我另外一個筆名：鹿樵咬死了。」這條狼出現在一篇就叫〈狼〉的幻想文字裏。（小花豹則指《人子》〈花豹〉篇主角。）鹿樵在他乾媽家作家庭教師，夜裏村人常聽到狼嗥，他卻不顧女學生苦勸，到屋外小便；果然狼來了，他乾媽不敢開門，那狼「一竄咬到了他的咽喉，他一聲啊呀也未及喊出，屍身已咕咚一聲倒在門前了。」乾媽問狼是否走了，那狼假裝是他，答說：「開門吧，乾媽，走了。」她一開門，狼撲了上去，「也只一口，這個也完了。」這個收場像是受過佩羅的影響。

《未央歌》第二章說童孝賢養了一對小兎子，有一隻會翻跟斗，把他「喜歡得什麼似的，就管他叫『弟弟』；」他也養了四隻鴿子，同樣十分可愛。這些小動物天一黑就睡覺，但「夜整個是另外一個國度；虛無縹緲地，在半空中浮沉地一個國度。」遠處狼叫了。「這

⑯ Bettelheim, p. 42.

些兇猛的野獸難道不睡覺嗎？他們住在荒山裏，他們攪亂各地夜的國土，又趕走了夢的腳步。」於是，「一切白日裏靠得住的東西都靠不住了。」所有小動物都害怕了，連墳墓都心驚了。那對小兎子祈求天趕快亮，後來天亮了，狼不叫了，牠們才不再害怕了。這時一隻小羊從人家院裏出來，第一個遇見的就是伍寶笙——這是她第一次出場⑰。

在這裏，狼仍然猙獰恐怖，是黑夜的象徵⑱，但只是嗥叫，使小動物感到威脅，卻沒有實際的傷害行爲。在《未央歌》裏，我們已經很難想像鹿橋會像佩羅那樣毫不留情地讓惡狼把小紅帽祖孫吃掉。

《人子》三篇童話中沒有狼出現，但是有一條黃鼠狼——在中國民間故事中形象頗接近西方童話中的狼——變了一個小老頭兒妄想冒充是人，卻被趕馬車的老太太用皮鞭把帽子打掉，現出原形。（見〈不成人子〉篇。）

一進入童話，所有的人和動物就被理想化了。前面提到鹿橋爲了創造一個「比較永恒」

---

⑰ 張素貞說這節文字「寫得童話一般」。〈從浪漫到寫實——談《未央歌》與《滾滾遼河》的創作模式〉，抗戰文學研討會論文，第六次研討會（一九八七），頁六。

⑱ 有的象徵主義者和神話學者認爲，小紅帽被狼吃掉意味著黎明爲黑夜呑食。見 Iona and Peter Opie，頁一一九。

的小說世界而一刀兩斷，擺脫了當時的社會現實；接下去他說：

在這個風格中及理想裏，未央歌裏的地方、情節、人物就分外美。儘情地美，不羞不懼地美，又歡樂地美。有人說世上那有這麼美的？可是懂得未央歌的人抽不出時間來回答，因為他們忙著愛美忙不過來。[19]

換句話說，他要儘量避免狼所象徵的醜惡而著重小紅帽所代表的美麗與善良。他甚至說《未央歌》「只有愛沒有恨，只有美沒有醜。」[20]不錯，藺燕梅發覺愛上童孝賢以後：

彷彿在幻夢中看見她自己落生的時候，有光明的天使祝福她，令她聰明美麗，又有一個猙獰的女巫也在祝告，她令她愁苦不幸，並令她體內循環了一種毒液。這毒液令她嬌媚，又使所有為她垂青的人遭羈災殃。（頁五六九）

[19] 〈再版序〉，頁五。

[20] 〈六版再致未央歌讀者〉，頁五。

但是這個類似《睡美人》裏老仙女的猙獰女巫只能在藺的想像中曇花一現，日常生活中卻始終有伍寶笙和姨媽這樣的光明天使佑護她，她的周圍是童話般的和諧的世界。

3

《未央歌》的人物、情節和風格有時候使我們想起《人子》，甚至覺得裏面寫的西南聯大簡直也可以成爲至眞、至善、至美的人間天堂。但是它最著意雕琢的則是友愛，鹿橋在他三本書的序跋中最常強調的也是友愛。他「自小很重感情，上了學又發現家庭之外的友情」㉑自此「永遠生活在友愛中。」㉒《未央歌》就是「一本從少年友愛得到啓示而完成的稿子」，一定會使「我的好同學們……感覺得出你們的友情在我心上的份量。」㉓

小說一開頭提到學校新行保護人制度，由畢業班學生每人照顧幾個低年級新生。童孝賢

㉑《懺情書》〈前言〉，頁五。

㉒《未央歌》〈謝辭〉，頁六一四。直到一九七三年，他還計劃用英文寫一部中篇小說《六本木物語》，「描寫在紊亂的國際情況下，個人與個人之間萌芽發展的一種和善又明朗的友誼與情誼。」《人子》〈後記〉，頁二五二。

㉓《未央歌》〈出版後記〉；〈謝辭〉，頁六一五。

已升入二年級，伍寶笙和余孟勤等學長卻把他看作小弟弟，伍對他更是關懷備至，完全像個大姐。伍擔任外文系新生藺燕梅的保護人，二人一見如故，立即發展出連親姐妹都不多見的感情。作者這樣寫藺爲人人愛護的情況：

她的音容便是同學愛校的聯想基礎。「讓她好好地在校園中成長！」是全體校中人的願望。（頁三三四）

不但對藺如此，全體校中人彼此間也如同一個大家庭，相親相愛到「說不出個所以然」來，童的朋友們愛他，也是「這種說不出所以然的愛他」。（頁二八一）他們不知道什麼叫妒忌，正相反，對於被邀請去夏令營聚會的同學，「大家都……有了羡慕的心情及親愛的敬意。」（頁二二七）藺一度緊跟著余拚命念書，有人造出流言，㉔藺向伍抱怨，伍告訴她，這「就是因爲我們愛你可是吸不住你！」（頁三四七）過了幾天他們又談到此事，藺問伍：

㉔ 書裏有些細節前後矛盾或缺少接應，例如這裏一面極力強調全校同學沒有嫉妒心（尤其對藺更是只有關愛），一方面又說有人因嫉妒而造出關於她的猜測和閒話。

「你說嫉妒的心理是怎麼一回事？」

「我也說不上來，有時候叫人看了真覺得可怕！」

「我總覺得這種心理難懂，簡直是不可思議的！」（頁三六二—六三）

一個唸大學一年級，一個行將畢業，居然對於嫉妒心理這樣陌生，眞像是一般人心目中片面的童話境界了（在許多童話中，嫉妒佔著重要的地位）。

藺待人更是周到，梁崇榕「奇怪藺燕梅竟會永遠出人意外地那麼體貼別人，她作的事簡直整個兒過火。」（頁五二六）這種描寫在書裏屢見不鮮，有時顯得過份誇張，而且把人物的心理簡化到近乎離譜的程度。女生舍監趙巽祥㉕是四十多歲的老處女，沈葭和馮新衛結婚的喜帖名單上頭兩個是伍和史宣文，其次是藺，師長輩的舍監反而排在後面，而她知道以後唯一的反應是對在外地教書返校探望的史笑著說：「宣文，還是這兒像你的娘家吧！」（頁五〇六）不但外表上看不出有絲毫不快，作者也要我們相信她心裏沒有任何感觸。

㉕ 她第一次出場時叫趙巽如（頁一六九），後來每次提到卻都稱爲趙巽祥（如頁五〇四、五三三、五三五）。直到一九八八年版仍未改正。

《未央歌》具體寫到對藺燕梅妒忌的，只有范寬怡和鄺晉元，但往往匆匆忙忙幾筆帶過，或者避而不談。鄺說了幾句輕薄話，立即爲傅信禪喝止：他剛要丟石頭打玫瑰花（在全校師生心裏是藺的象徵），就被范寬湖抓住，狼狽不堪。第五章范寬怡在伍和余這一屆的畢業晚會上爲哥哥寬湖和藺的歌舞作鋼琴伴奏，臺下的激賞則又集中在藺一人身上。表演完畢，「大家欣喜愉快，不知如何是好，」都擁過來向她道賀。我們很想知道范氏兄妹有什麼反應，尤其是「要強、爭勝，也喜歡聽人讚美」（頁一四五）的妹妹。不料作者筆鋒一轉，通過沈葭說他們「都累得不得了，在那邊房裏休息去了。」顯然有偷懶的嫌疑，另一方面，第九章在顧教授家顧太太拿藺和余開玩笑時他卻沒有忘記提到趙舍監「看了藺燕梅那份難爲情的樣子，又看了余孟勤，心上也喜歡。」問題在於他太不忍心寫陰暗面，人人就都應該是這麼好——「好」是《未央歌》形容人物最常用的字眼之一；藺在呈貢收容所時想到「她的好伍寶笙」，也想到其他的「好同學，」（頁四二〇，四三九）小說結尾她要去文山以前「祇顧用眼睛注意看這些好同學，她要記住這些好同學的音容笑貌。」（頁五七三）

■

《未央歌》的人物也都很快樂。我從來沒有讀過一本書這樣愛用「快樂」二字，大約每三、五頁就有一次，有時一頁中會出現三、四次。藺一進聯大「便如一匹快樂的小羊，」

（頁八五）此後「從來是快樂的。」[26]（頁五三八）伍「是個快樂的人」，「她是快樂的。」（頁三三一）藺伍在晚會表演終了、一陣曲終人散的冷寂之後，走到禮堂外面「又都莫名其妙地快樂了。」（頁一五四）童「是永遠快樂的：」（頁一八一，四一〇）早上「他一醒了就笑。他想：『這又是快樂的一天！』」（頁三二）他「永遠是笑的。」（頁一九）

德國哲學家布洛赫（Bloch）說童話的眞正主旨是「相信你自己生而自由，有權完全幸福快樂，敢於使用你的推理能力，把事物的結果看成是友好的。」[27]《未央歌》的主旨可以說也是如此：既然大家這麼好，自然就都幸福快樂。

《未央歌》雖以童藺伍余愛情成功結束，但不是愛情故事。事實上寫愛情的場面不多，而且不如寫友情那麼全力以赴。這就是爲什麼我們對伍余的結合略有突如其來的感覺。談到余和藺形影不離的情況時，朱石樵說：「余孟勤我看也是同伍寶笙一樣是個不會被阿波羅的箭射中的。也許他是在以藺燕梅來當一本新書來念呢！」（頁一九七）直到第十章作者還說

---

[26] 作者又說藺「從來不知人生有不如意的事」（頁一三七）。但另外卻又說她「天生是這麼一個憂鬱，多思慮的性格。」（頁二九四）

[27] Ernst Bloch, *The Utopian Function of Art and Literature*, tr. Jack Zipes and Frank Mecklenburg (Cambridge: MIT Press, 一九八七), p. 165.

伍「彷彿是上帝從愛神手中特別赦免的唯一的人。所以她的明鏡一直不蒙塵霧。」余去邊區勞軍，伍寫了一封信由藺轉給他，其中充滿了關切和慰勉，使這位「聖人」和「怪物」頓然爲之心動，「承認了今日一信絕非偶然！他暗自慶幸在伍寶笙面前未曾走錯一步。」（頁五九七）及至他返回昆明，原本像童話中天使和教母般慈祥的伍在他眼裏忽地充滿「嬌癡的神氣，忍不得要愛」了（頁六〇五）。

這兩個才貌雙全、品學兼優的青年，她對他敬佩和憐惜，他則爲她的仁心和勇氣所感動，歸根結底還是一種以友誼爲出發點的非常概念化的愛情，而不是一般的性愛。作者處理二人間戀愛的片段也顯得不夠自然，彷彿寧願寫友情，寫起愛情來感到不習慣。他用了許多帶文藝腔的成語或套話來形容他們由相愛到結婚的急促進展過程。在顧教授家她「賞了他一個奪他魂魄的笑；」第二天一早,他「帶了笑容從夢中醒來,失魂落魄地找了伍寶笙一天；」傍晚才在校園中看到她，她「回頭一笑，襯了對岸的花枝直映入余孟勤的心裏。」（頁六〇二—〇三）他吻她的時候：「她就忽然整個癱了。她緊閉了雙眼，漆黑的睫毛覆在如雪的雙頰上，她緊緊地靠在他的胸前，她悠悠地如同魂魄離開軀殼，她身體便顯得虛極了，軟綿綿地把臉貼在他的肩窩下。」這天他們「在花前訂了婚。」（頁六〇六）不到四頁連用了「奪他魂魄」，「失魂落魄」和「魂魄離了軀殼」。背景是芳草水池，花叢綠葉；又有笑，又有夢；她的睫毛是「漆黑的」，她的雙頰是「如雪的」。

童藺互許終身也未必是我們意料中的事，因爲我們始終把他們看作兩個天眞未鑿的孩子。直到第十四章，喬倩垠還說童只不過是藺的「小朋友，這兩個孩子混到一起，眞氣得死人！全是些孩子的話，倒像一對小弟妹。」藺在余半師半情人的關係失敗並被范寬湖偷吻以後不多久，居然對伍說：「小童眞是個好孩子，我愛他。」（頁五八七）此前沒有埋下任何伏線。連伍都大爲驚奇：

> 你這個孩子討了個老大便宜呢！……這麼個藺燕梅就會一下子伏伏貼貼依上你的心房！瞧你這份兒亂七八糟的神氣，衣服從沒穿得體面過一天，頭髮永遠不曾梳好過！你這份兒手藝真是不差呀！怎樣偏打正著的就體貼上了她的心？（頁五九〇）

一九七五年鹿橋曾解釋兩性之間交往時守貞是先決條件，「所以在《未央歌》裏的那一吻才變得那麼重要。」㉘書裏凌希慧也注意到藺「彷彿非常重視自己的感情，尤其是一個

㉘《懺情書》〈前言〉，頁一〇。

吻。」（頁四八三）范吻藺無疑是全書的一個高潮。作者刻劃范的性格使用了童話措詞，說他是王子。（見頁一四三、四一五）但對藺來說，他扮演了頗爲曖昧的角色。第十章他爲她摘玫瑰，一方面是獻花，一方面又是摧花的舉動。藺與余決裂以後，精神恍惚，對范氏兄妹疏於防備，睡在火車上被寬怡慫恿哥哥偷吻㉙。這一吻像小紅帽被狼（這時范寬湖無形中變成色狼）吞食㉚——藺醒後發覺她吻的是寬湖，羞憤交加，立刻昏了過去，清醒過來仍痛不欲生，「希望馬上精神失常，變成瘋子，失去知覺，那麼以後的日子便不存在了。」（頁四七三）另一方面又像睡美人被王子一吻救醒，結果她悟出自己愛情的歸宿是童而不是余。

4

鹿橋念西南聯大時，給一位女友的信裏曾說自己「心上已長成了一個怪異的理想人格。

㉙范折花的剎那間，藺「心上彷彿直插進一把冰涼犀利的尖刀一樣。」（頁三三八）作者告訴我們：「小童最佩服范寬湖。……他爲了喜歡范寬湖，便特別討厭他妹妹。說她是魔鬼。」（頁一一四）范吻藺後，童和余卻又認爲「范家兄妹的心術離奇難測」（頁四九五），把二人看成一丘之貉了。余並認爲寬湖「身上早已瘡痍滿目，添上個把不算回事。」（頁四九二）

㉚佩羅在故事後面加了一首寓意詩，告誡少女們不要輕信陌生男子的甜言蜜語，否則可能成爲惡狼果腹的食物。

這人格之美，已不是世上所能有[31]。」《未央歌》裏就極其強調這種非世間所能有的理想人格。余孟勤堅持「在責備自己時，一定要求完備！完備！」伍寶笙同意：「我也覺得浪子回頭固然好，但總不及白璧無瑕光明可愛。」（頁三三〇—三三一）藺燕梅便是這樣白璧無瑕光明可愛的人物，余所說的「不但今生僅見，而且未曾耳聞過。」（頁三〇六）書裏形容她時動輒使用一些童話式的比喻字眼。她是小鴿子，小精靈，小神仙，小花妖；仙子，女神，快樂之神，玫瑰女神，「神話似的玫瑰花」；女王，皇后，公主，人魚公主，白雪公主。在童話中美是完善、絕對、極端、至高無上、無可比擬的，是最圓滿、最高貴的象徵[32]。藺的美也是如此超絕。童告訴她：「你太美了，美得奇怪，不似人間的品質。」她姨媽認爲「這小女兒是一顆明星落在我姐姐家裏，……她那麼光潔，婉好，簡直不像是人間的。」伍認爲她「簡直是個完美的人！」作者則直截告訴我們，她的「天賦在性情一面眞是太完美了。[33]」

---

[31]《懺情書》，頁一六八。

[32]參看Max Lüthi, *The Fairytale as Art Form and Portrait of Man*, tr. Jon Erickson (Bloomington : Indiana University Press, 一九八四), p. 37,156. Bettetheim, p.277. 在《睡美人》裏，初生的公主有了仙女作教母之後，「成爲世界最完美的人」。小紅帽「長得非常可愛，誰也沒有她那樣可愛。」灰姑娘「溫柔善良得無可比擬」。

[33]以上引文分別見頁五六三，三九二，五三二和四三二。在頁四九二，五行之內作者先說藺是「性子走極端的人」，隨即又說她是「一個完人」。

這樣，就難怪入學不到半年，她已經被奉若神仙了：

> 談起她的人口裏都像是說自己的妹妹那樣喜愛偏疼。又像自己的情人那樣癡情，執迷，又像是自己夢中的一位女神，自己只配稱讚她，而也只能稱讚而已。

「同樣，作者告訴我們伍也是「非世俗非人間的」，她的笑「全是太天堂的了。」（頁五九）她「是個十全的人物；」（頁九二）、但是她與藺有一點迥異的地方，余看出她代表慈愛的精神。朱石樵比她作耶穌。她是「春陽。在她的溫暖下雪便融化了。草木便發芽了。」（頁三三一）「她是慈愛的牧羊人，這學校裏有如許可愛的小羊要仰求她的愛撫。她是聖潔的女神，祇容俗人遠遠瞻仰的。」（頁六〇四）

這種天使般的聖潔和慈愛在她與藺的關係上特別顯著。二人初次會面時彼此驚爲天人。伍覺得藺「眞是像白雪公主一樣呀！」藺則認爲伍「就像聖誕節夜報喜訊的天使！」（頁五六）她叫「燕梅！」時，「聲音竟像一個慈愛的母親。」（頁五九）此後她事實上始終以神仙教母（fairy godmother）的姿態出現。藺被范偸吻（是遠離伍時發生的）後心灰意懶，想出家作修女，是她在史宣文陪同下去教堂勸阻成功。最後在藺悄然動身去滇南編字典以前冒著暴雨趕去教堂送雨衣道別的也是她㉞。

不光是描繪人物，《未央歌》一般行文也慣常採用極端而絕對的童話筆法。第十章寫藺參加學校劇團公演：

> 這一齣新劇的結果，自然又是很成功的。觀衆如同是被諸葛亮算定了的曹兵一樣，什麼時候緊張心跳，什麼時候纔鬆一口氣。在那一句對話之後要笑，在那一個場面下要哭，一絲一毫都不曾逃出他們的推測。

誇張的或最高級的（superlative）形容詞——如最、極、大、眞、完全、實在等——在書中隨處可見，而且常常是作者的敍述語氣。伍是「最溫柔的人」，（頁三二）藺家請客那天燕梅的蛋糕「實在做得太好看了。」（頁一三〇）她後來成爲校中「最嬌艷，最活潑的玫瑰花。」（頁三二七）在伍看來，聯大學生「個個兒都俊秀眞誠而可愛，誰也沒有過錯。」

㉞ 這是作者花力氣寫的幾頁細描文字（見五八三—八六），但是我把伍由聯大女生宿舍去天主堂走的路程與書前的聯大「回憶圖」對照著走了幾次，每次都迷路，因爲文章提到的地名中，有幾個地圖上找不到。

（頁五九三）連范寬湖都是「至高無上的。……天生地沒有缺憾。」（頁一四四）

作者另外藉以加強語氣的是啊、喲等嘆詞，如第三一頁第一段不到兩行用了十次「啊」。驚嘆號更會多至每一、二頁出現數十個；第四〇五頁不到一頁篇幅連用了三十四次，另外七個問號也是修辭性的反問（rhetorical question），其作用與驚嘆號無異。好像生怕吸引不住讀者的注意力，需要大喊大叫；實則效果並不理想，我們司空見慣，便不再感到驚心動魄了。藺去邊區以後，作者居然說余心情的變化「無法訴之筆墨」，（頁四八七）彷彿已經聲嘶力竭，放棄他作爲小說家的職責了。第三一至三二頁——即前面討論過的介紹伍寶笙出場的一節——一頁多的空間裏，頭兩行用了七次驚嘆號，十次「啊」。第二、三、四段用了十次「小」。第三段用了五次「恐怖」。一頁中「就」字出現了十三次，「便」字五次。另外有「極」、「最」、「多……」、「多麼」、「那麼」、「……得不得了」等字眼。童話因其民間口述的傳統而習慣性地重複某些語句㉟，往往不無樸拙之美。《未央歌》這樣不厭

㉟ Lüthi 注意到法文童話「吃孩子的女人」（La Mangeuse d'enfants）第一頁「好」的字眼重複了十次，「他說」和「她說」十八次，「就」或「便」的字眼八次。然後說：「這已不是藝術（art），而是自然（artlessness）了。」*The Fairytale as Art Form and Portrait of Man*, p. 45

其煩地重複強調，也可以說是相當典型的童話風格，卻顯得鬆弛，嘮叨，看來是下筆時感情氾濫成災，鹿橋自已都承認這本書「寫得如此之長」。（頁六一三）另外一個手法也惹人反感——在六百頁的篇幅裡，作者儘可從容地通過戲劇手法讓人物自己生存發展，他卻總愛硬闖進去，直截了當地道出人物的特性，而且常常在他（她）們剛剛上場還沒有任何動作之前，就迫不及待地指點讀者：朱石樵的「性格確實有點古怪」（頁一七），晏取中「是個直爽人」（頁一九），童孝賢動作「孩氣」（頁一八），「頑皮」（頁三三）；直到頁三三五還說他「孩氣得很」，儘管這時他的孩氣已經再明顯不過。第九二至九三頁一頁之內作者告訴我們：范寬怡「也是有些心眼兒的」，蔡仲勉和薛令超「也都是成功的人物」，「余孟勤是大家崇敬的一個人物」，「伍寶笙則是個十全的人物」；周體予「向上要強心切」，他和傅信禪是「兩個苦幹的湖南人」，「藺燕梅是個生活得最平靜的人」。當作者動輒爲他(她)們貼上「驗明正身」的標籤——「頑皮伶俐的范寬怡」（頁一四九），「忠厚的周體予」（頁五四九）——的時候，人物就變成傀儡，失去獨立的生命了。

著重渲染美予人的印象而不大具體描摹美的本身是《未央歌》技術上的另一特色，使人想起瑞士民俗學家呂提（Lüthi）從美學和人性觀點討論童話的一本專著，第一章就叫「美與其震撼效果」，其中指出童話寧願寫美使別人產生的印象，寫到美本身時，則經常使用

「美麗」（beau, belle, joli）這種抽象的形容詞而不具體刻劃細節。

「蘭燕梅的美是不可抗拒的，」（頁二五四）作者這樣告訴我們。前面我們看到她與伍初會時互相驚為天人的情狀，接著她們回到宿舍，伍看了蘭半晌，說：

「燕梅！妳真美！」

「姐姐，」燕梅的聲音都有點顫了：「妳真美！我沒看見過這麼叫人愛看的。」她倆個不覺都有點想哭。（頁五九）

「不可抗拒」，「聲音都有點顫」，「有點想哭」（作者寫二人間的關係時常使用這類近乎肉麻的字眼），無非是想藉美對旁觀者的震撼力來強調美的程度。在這方面作者的處理手法有時不很妥當，蘭的出場是這樣寫的：

（汽車）裏面跳出一個十七、八歲的小姐來，她下來了，又向車內一探身拿了一件披肩。她穿了淺色的時裝，小圓點子花。一雙淺色半高跟皮鞋，最引人注意的是薄薄的絲襪裹悅目的一雙脚。（頁四〇）

具體提到她的衣著，相貌方面則除了腳以外別的隻字未及。作者採取了在場旁觀的童孝賢、余孟勤、晏取中、小貞官兒母女等人的觀點。他們竟會先去看腳而不注意身材相貌，這是難以想像的。接著提到藺一腳踏到水裏，差點跌倒；如果等到這時候再寫這幾個人如何爲她「最引人注意的……悅目的一雙腳」所吸引，該會更像是經過觀察的細節（observed detail）。在佩羅本裏，灰姑娘第一次參加皇宮晚會時，「人人目不轉睛地凝視這位不知名的姑娘的驚人的美貌」，她那雙「世界上最美麗的羽絨鞋」反而沒有特別提到，儘管在故事裏發生了重要的作用。這是比較合理的處理手法。

儘量加重語氣的傾向走到極端也會發生其他問題。史宣文擅長朗誦詩篇，素爲同學所欣賞，有人說只有經她挑選朗誦的詩句「才能像瘟疫那樣所向無阻地風行了全校。」（頁一四八）鄺晉元爲全校唾棄，因爲別的可以忍耐，「惟有虛華不實，竊名附雅的人一旦爲人發覺，便人人掩鼻而過。」（頁一七八）「瘟疫」和「人人掩鼻而過」顯然都是因過份要求特殊效果（special effects）而在匆忙中寫出的敗筆。（作爲一個熱情洋溢的作家，鹿橋筆下萬馬奔騰，難免寫出欠斟酌的句子。例如童孝賢等人過一條小河時居然「褰裳跋涉」〔頁四五三〕。另外如《懺情書》頁五八：「我對我自己很自豪」，《人子》頁二八：「不知道什麼時候起下了一陣黃昏後的陣雨」，頁四六：「分辨善惡之美」。）

5

在《未央歌》裏，不但草木鳥獸，連無生物都有感覺、思考和行動的能力。范寬湖會踏上一株「仰起臉來讚譽他的小草。」到了初夏，雄鳥「就把他的妻室在蜜月旅行之後，領到卜居的地方來阿諛她〔他〕築巢的技巧。」雨滴雨珠撞在一起時會「嘻嘻一笑」。（頁一四四—四六）「時間不是一個殘酷的神。她嚴厲的性格常被人誤會爲冷酷。」（頁一七八）范寬怡鋼琴彈出的「每一個音符，全是一個快樂的小精靈。」（頁二二八）第七章寫昆明的雨季完全使用擬人法，雨是個年輕女人，會哭，會笑，會鬧。

藺被吻前後作的夢裏出現的有童孝賢養的小動物、雲雀、山澤女神、狩獵女神（「她們快得能夠追上太陽金色的影子」）。有一個教堂，「也許是一個碉堡，裏面囚著一個古代的國王。……也許關著一位癡心的公主，她堅定地等著那個王子騎著白馬來接她！」（頁四六一—六二）藺的姨媽——「一位天使似的修女」㊱——正以童話語氣向同車的中年太太細說

㊱ 頁三九一。過了幾行，作者卻說那中年太太「奇怪……這麼一個柔適可親的性情，怎麼會做了修女。」言下之意，彷彿做「天使似的修女」的該是與此相反的性情。

侄女的童年時，「眼前一亮似的」恰好出現了藺。這樣美妙的巧合幾乎含有奇蹟的成份。（童話中巧合很多，但並不總有奇蹟。）

《未央歌》固然充滿童話般的語句或片段，有的插曲也使人想到童話。例如第五章淩希慧的家世與小說情節的發展並沒有直接關係（她根本不是重要人物），看來作者喜歡的是它的民間故事情調。第八章聯大師生應邀去夏令會，途中聯合創作了一個故事。說是穿顏庫絲雅族酋長年老無嗣，美麗如花的王后想替他物色一位王妃，而該族向來堅守一夫一妻制。結果經她精心安排，犧牲自己的性命，使一位閨友繼她爲后，生了王子。除了開頭並非「從前」而是「近些年來」以外，這個「原始的……半開化民族的故事」具有童話的標準成份：（一）它是集體口說由一個人記錄下來的；（二）主角是王、王后和「玉琢成的異族女神」般的淑女；（三）「三」這個童話中最重要的數字在這裏也極重要；（四）有異夢、狂風、怪獸、奇魚等特異事物；（五）有魚化爲石頭和人變成草木的現象㊲；（六）有美好的結局。但是整個插曲與小說主線也不很相干，像是作者有意創作的一個童話，可以收入《人

㊲ 在童話裏，除了歹角以外通常沒有人死亡，但死亡卻會以種種迂迴婉轉的形式發生，最普通的是石化 (petrification) 和變形 (metamorphosis)。見 Alexander Haggerty Krappe, *The Science of Folklore* (London: Methnen, 1965) p. 32.

子》成爲其中的一篇（該書〈王子〉篇寫了穿顏庫絲雅族一位王子的故事）。

6

據鹿橋說，《未央歌》中童孝賢、藺燕梅、余孟勤、伍寶笙「這四個人合起來才是主角。這主角就是『人』。……這重點又是在年輕的一對上、在生長變化上、在我們不能忘記的、一生受用不盡的、那年輕的理想上。」又說：

> 多少神話、宗教傳說裏面的主角都是那些傳統在所謂閉關建設的時候歌頌自己的英雄而形成的。可是文化何嘗一日閉關？人何嘗一日無理想？又何嘗一日不是歷史上的英雄？[38]

這兩段話很值得玩味。童話中的主題和主角是「人」，有的學者甚至稱童話爲「一種研究人性的體裁」(a humanistic genre)[39]。由童、藺、余、伍合併而成的「人」和童話

---

[38] 〈再版序〉，頁六，頁一〇。

[39] Lüthi, *The Fairytale as Art Form and Portrait of Man* p. 135.

中一樣是經過理想化了的，《未央歌》同樣也是一個童話般的和諧的理想世界。在這個世界中邪不勝正，終於天下太平。最後一章開頭幾段交代書中所有人物下場都很好，連上一年在旁邊聽童向凌希慧和喬倩垠敍述藺被范寬湖偸吻經過的不知名新生，也已經變成「紅得發紫的角色了」；甚至宋捷軍和鄺晉元「亦作了些事業」。這樣有意製造大團圓的氣氛，倒像是在製造神話 (mythmaking)。

現實社會既然與童話世界大相逕庭，要維持希望，則相信正義，相信眞、善、美、愛，即便對成年人也具有重大意義。布洛赫曾多次提到，童話在某種程度上隱含著成年人的挫折感；自古至今人們始終盼望出現一個烏托邦，眞正可以在裏面幸福快樂地度日。童話能夠流傳到現在，連成人都欣賞，原因就在於其中的人道主義成分和人們的如願以償 (wish-fulfillment) 的希冀心理[40]。

《未央歌》之所以爲青年讀者所喜愛，固然與其以大學生活作背景有關，這種童話般的理想意境也該是一個重要原因。這是一本充滿希望的樂觀的書。作者對人性懷著深切的信

---

[40] 參看 Wolfgang Mieder, *Tradition and Innovation in Folk Literature* (Hanover: University Press of New England, 1987) p. 3 和 Bloch p. 163.

念，認為人類只要親愛精誠，那麼地上就可以建立天堂，世間就可以出現桃源。他在大學日記裏曾這樣寫道：

我將以情動人，那麼，這些至情在將來不但毫不抑止，而且從而鼓勵之，校正之。那時，小偷會空手，紅了臉，深夜裏由人家窗子裏爬了出來。因為他在人家牀上看見了一個微笑甜睡的小孩。

那時人不會彼此造謠中傷，戀愛中的青年不會為自己偽飾，那一天來到，人類得到真快樂時，我的安慰才得到。如今世界上醜事何其多啊？[41]

這種「眞快樂」的將來，在《未央歌》中已經有了頭緒。鹿橋曾說「未央歌還是未央」[42]，這本書是他二十五歲的少作，但他沒有寫續篇，三十年後出的是一本童話集子。余、伍有情人成了眷屬，而童、藺只互許終身。一般說來，童話

[41] 《懺情書》，頁二三五。

[42] 〈再版序〉，頁二。

寫的是人的發展和成熟過程；有的顯示我們必須放棄童稚的行徑，才能與異性建立白首偕老的親密而幸福的關係。在我們想像中，童孝賢當然不會像彼得潘那樣永遠長不大，他總要「生長變化」的，那麼他將來很可能像《人子》〈花豹〉篇那隻小花豹：他與「美麗的」藺燕梅結了婚，生了「好看又好玩」的兩個小小童，「他們快活地住在一起」。——還是屬於童話世界。

——一九八九年十二月十七日

第二輯

多事之秋

——一九八〇年法國文壇掠影

在八十年代的第一年中，法國文壇發生的事情要算是比較多的。最重要的是好幾個著名人物（包括沙特和巴爾特）死去了，其次如法蘭西學院有史以來第一次選進一位女院士，福樓拜逝世一百周年，法國最大的出版商易主等也都是連法國以外的讀者都很關注的新聞。

這裏想就個人所知，簡短地將去年（1980）年初到今年（1981）年初的法國文壇概況作一鳥瞰。拉雜寫出，掛一漏萬是在所難免的，只希望能發生一點報導作用就好了。

（一）批評家巴爾特被車撞傷不治

去年二月，名批評家羅蘭・巴爾特（Roland Barthes）在巴黎過馬路時被一輛洗衣店的卡車撞傷，三月廿六日在醫院不治身死。

中國讀者可能對巴爾特不大熟悉，這裏略加介紹。他生於一九一五年，年輕時長期患肺病，卅七歲才出第一本書。一九六三年論文〈論拉辛〉（Sur Racine）發表後開始成名。他的興趣和著作非常多方面，從米什萊（Michelet）到卡繆，從新批評到新小說，都研究過、論述過。他的名著《神話》（*Mythologies*）分析了廣告、電影和報章雜誌在人們日常生活所發生的作用。去年三月出版的他最後一部書專門談攝影。其他作品包括結構主義語言學方面的重要著作《符號學原論》（*Éléments de Sémiologie*）（他生前在法國學院的職銜是「文學符號學教授」）和自傳性的《巴爾特論巴爾特》（*Barthes sur Barthes*）。巴爾特曾先後受過馬克思、弗洛依德和沙特等人的影響。生前與沙特關係親密，並同屬左派知識份子。中國是他很喜歡的國家，但一九七四年他同一批毛派朋友訪問中國後卻頗爲失望，返國後寫的訪問觀感只有三頁，對當時的口號標語充斥、男女衣着不分等等到處千篇一律的現象表示不滿。（去年北京《讀書》月刊第四期有關於他的片段介紹）

巴爾特在法國以外也很有聲望。美國幾乎已譯出他的全部作品，單是一家出版社就出了他十一本書，目前並計劃再出四本。他死後，除法國各報大都以頭版刊載消息以外，美國如《紐約時報》等大報也作了長篇報導。《紐約書評》周刊五月十五日有他的美國女弟子蘇珊·桑塔格（Susan Sontag）的悼念文章；八月廿四日一期又有她關於巴爾特遺著《文學論文新輯》（*New Critical Essays*）美國版的書評。去年四月十九日巴黎《世界報》（*Le Monde*）有一篇文章專門談他和日本的關係。

（二）沙特去世

四月十五日晚上讓－保羅・沙特在巴黎死於肺水腫。這可能是去年法國文學界發生的最重要的一件事了。《世界報》以頭條發佈新聞，用七版的篇幅刊出悼念文字，接着幾天都報導各方面的反應。（如他的老友而後來成爲論敵的雷蒙・阿龍 Raymond Aron 總結沙特的一生說：「他參加了本世紀所有的戰鬪，他是一個自由人。」）

沙特的生平和作品已經廣爲人知，無需介紹。他五十年的寫作生涯中，出版了五十多本書，著作形式包括劇本、小說、散文、文學評論、傳記、談話錄、政論、哲學和心理學專著等，十分多采多姿。他的著作至少已經譯成廿八種語言。

沙特自幼患眼疾，晚年兩眼幾乎全瞎，無法看書或執筆，因此常常通過談話的形式發表自己的言論。一九七七年出版的《造反有理》（*On a raison de se révolter*）就是他同幾個年輕毛派朋友的談話記錄。前年十一月十日《晨報》（*Le Matin*）刊出他論左派運動的一篇談話（譯文載去年《七十年代》五月號）。去年三月《新觀察家》（*Le Nouvel Obser-*

vateur）分三期刊出了他的長篇談話錄，是他生前最後發表的作品。（英譯載去年秋季號《異言》*Dissent*）

沙特死後，世界各方的反應自是意料中事，不必贅述。大陸上對沙特好像存在着一種雙重標準。在哲學上一貫採取貶責的態度，連去年出版的《近代西方哲學家述評》也還是對他的哲學思想全盤否定。但另一方面，一九七八年出的《外國名作家傳》中由法國文學專家張英倫執筆的沙特部份則基本肯定了他，而且對他晚年參加左派活動一事表示讚賞。四月十六日新華社發的消息提到「他作爲中國人民的朋友曾經訪問過中國」。（沙特和密友西蒙娜・德博瓦爾一九五五年秋訪問中國兩個月，受到《人民日報》記者的訪問和外交部長陳毅的接待；在上海到巴金家中作過客。回國後曾發表談話，大讚中共。）《人民日報》還登了張英倫寫的悼念文章，題目是〈薩特——進步人類的朋友〉。六月廿五日《世界文學》第三期關於沙特逝世的一則消息說他「反對帝國主義的殖民戰事，反對社會帝國主義的侵略、擴張。他對重大的國際事件都表明了自己鮮明的政治立場。」接着八月廿五日出版的第四期刊出了沙特劇本〈死無葬身之地〉（Morts sans sépulture）的中譯本、〈悼薩特〉（羅大岡作）、〈薩特的存在主義釋義〉（施康強）和沙特小傳，可以說是紀念專號。

(三)法文方面的兩大損失

七月四日，文法學家莫里斯・格里維斯（Maurice Grevaise）去世，享年八十四歲。在法國，文法方面最具權威的書莫過於這位比利時人寫的《用法典範》（*Le bon usage*）了。此書副標題是「法語文法，附帶有關當前語言用法的評釋」，其引證之廣，辨析之精，在各國文法書中頗不多見，在法語中的地位甚至超過福勒（Fowler）的《現代英語用法詞典》（*Dictionary of Modern English Usage*）在英語中的地位，一九三六年初版後立即使早四年法蘭西學院編印的文法相形見絀，一九四六年經紀德讚揚，更奠定了他的地位。格里維斯用功很勤，每隔三兩年總要重編一次，出新版本。初版僅有六、七百頁，印了三千本，到去年他死前幾個月出的第十一版已增爲一千五百頁，印了六、七十萬本。他根據此書所編的簡略本《法語正確用法》（*Le Français Correct*）則已經出了卅八版。去年《用法典範》的新版中有詞典學家保羅・羅貝爾（Paul Robert）寫的序，說該書參考過他主編的《大羅貝爾》（*Grand Robert*），後者借助過《用法典範》，因此二書相輔相成，可以比照使用，算是對格里維斯推誠讚許了。

× × × ×

格里維斯死後一個月，羅貝爾也於八月十日去世。

羅貝爾一九一〇年生於當時法屬阿爾及利亞。（他死後法國作家朱爾・魯阿 Jules Roy 寫的悼念文章說：如果有人問他以往一百三十二年中阿爾及利亞對法國有什麼貢獻，他的回答是：「一些夢，許多禍福交集的事，血中的太陽，卡繆和羅貝爾詞典。」）原習法律，因感於當時法文詞典都不重視同義詞和類推法，一九四五年決定改行專治詞典。他的長處是不但對詞典編纂有熱情和毅力，而且善於籌措資金，因爲一本長六七卷的巨型詞典，從編輯到出版所需要的經費是十分龐大的。他主編的《大羅貝爾》從一九五〇年開始問世，一九六四年出齊，共六卷，一九七〇年又增印一卷補編。一九六七年出版的縮略本《小羅貝爾》(*Petit Robert*) 立即成爲人手一册的工具書。

羅貝爾系統的詞書現在已出了許多種。一九七一年的《微羅貝爾》(*Micro-Robert*) 是小於《小羅貝爾》的初級詞典，但篇幅並不那麼微少，還是富有參考價值的。同年還有四卷《世界專門名詞詞典》；裝訂精美，流行頗廣的《小羅貝爾2》就是該書的縮略本（其中關於羅貝爾本人的一條長二十一行）。此外，還出過法英—英法詞典、疑難詞典、同義詞詞典、語錄詞典等。

(四)批評家富歇、小說家古依魯去世

八月廿二日名批評家和詩人馬克斯–波爾・富歇(Max-Pol Fouchet，一九一三年生)病逝，他十歲時由法國去阿爾及利亞，一九三九年在那裏創辦了《源泉》(*Fontaine*)雜誌，先後發表過紀德和貝克特(Becket)等人的作品，對後來法國文壇發生了深遠的影響。第二次世界大戰阿爾及利亞被德國佔領期間，《源泉》發表了艾呂雅(Paul Eluard)的著名反德長詩〈自由〉(*Liberte*)，對法國民心士氣有很大的鼓舞作用。

戰後富歇到美國教過書。長期在法國電視上主持過文化節目。除詩和評論外，出過短篇小說集和一本長篇小說。他是卡繆終身的知交，去年一月廿八日《觀察》(*Le Point*)周刊有他一篇很長的談話錄，回憶當年和卡繆、紀德等人的友誼。去年有他的好幾本書出版或重版，八月廿三日《新觀察家》上有名作家克洛德・魯阿(Claude Roy)的一篇文章，評他的五本著作和關於他的一本著作。

× × ×

十月十四日，路易・古依魯(Louis Gouilloux)去世。這位小說家雖然在讀者——包括法國讀者——印象中相當陌生，但《世界報》仍以頭版發佈消息，而且以半版的篇幅發表

了悼念文字，稱之爲「人情繪畫者」，指出他生前名氣不大，無非是因爲他是地方作家，離巴黎遠，沒有大出版社大報刊捧場。事實上，我查了幾本文學家詞典和百科全書（包括《小羅貝爾2》和《大拉魯斯》，都沒有關於他的資料。他一八九八年生，父親是修鞋匠，童年在貧窮中度過，很早就在父親影響下變成社會主義激進份子。長大作過記者，後來開始寫小說，發表了他的代表作《黑血》（*Le sang noir*）。一九三六年與紀德訪問蘇聯，失望而歸。一九四九年因小說《七巧板》（*Le jeu de patience*）獲勒諾代獎（Prix Renaudet）。後來繼續寫小說，並出版過一個劇本。一九六七年他的全部作品獲國家文學大獎。

（五）小說家羅曼・加里自殺

十二月二日，小說家羅曼・加里（Romains Gary）以手槍自戕。這消息轟動一時，原因與他的前妻美籍影星珍・西柏爾格（Jean Seberg）有關。她在六十年代積極支持反越戰運動和黑人民權運動，爲美國聯邦調查局所忌恨，在她懷孕後散佈謠言說孩子的父親是黑豹黨份子，使她精神大受打擊。後來生出的孩子是白人，謠言不攻自破，但不久夭折，西柏爾格自此精神失常，終於自盡。雖然加里留言說兩人的自殺之間沒有關係，但人們仍作此聯想。

加里一九一四年生於莫斯科，母親是猶太人，父親有蒙古血統，在加里七歲時就將母子遺棄。加里隨母親在波蘭渡過童年，十四歲定居法國。第二次世界大戰期間參加戴高樂流亡政府的空軍，曾三次負傷。（他死後是以軍禮發喪的。）戰後作過多年外交官，一九四五年發表第一本小說，以大戰期間波蘭抗德鬭爭爲主題的《歐洲敎育》（*Education européenne*），獲批評家獎。一九四九年出《寬大的衣帽間》（*Le grand vestiaire*），寫一個少年在戰後混亂社會中的種種遭遇。一九五六年《天之根源》（*Les racines du ciel*）出版，獲龔古爾獎，成爲暢銷書，並拍成電影。這本小說抒發了他對敎條主義的標準化社會的不滿，認爲能夠挽救這種社會的必然是特立獨行之士。一九六〇年出自傳性小說《早晨的希望》（*La promesse de l'aube*），一九七〇年發表的《白狗》（*Chien blanc*）對美國的種族主義作了無情的描繪和揭露。他的作品富有人道主義精神，儘管偶而顯出嘲世傾向。

加里非常多產，往往每年都有新作問世，光小說就寫了二十多部，其中六部先以英文發表，然後自己譯成法文。

（六）法蘭西學院第一位女院士

法蘭西學院三百四十六年前創立以來，去年第一次選進了女院士。這當然成了重要新聞，更特出的是當選的瑪格麗特·尤塞納（Marguerite Yourcenar）生於比利時（一九〇三年），雖然因父親是法國人而擁有法國國籍，卻早已在三十多年前改入美國籍，從一九四〇年起定居美國，絕少到法國去，甚至已不以法國人自居。去年另一位院士，任法國司法部長的阿蘭·佩雷菲特(Alain peyrefitte)爲了幫助她入選，才設法爲她恢復了法國國籍（她卻堅持不放棄美國護照）。

學院投票時，第一次就以二十票對十二票，四票棄權決定選她爲院士（十九票即可當選）。反對她的人不是認爲她資格不夠，而純粹因爲她是女人。一位八十歲的老院士甚至公開說：「學院以往三百多年沒有女院士也維持到今天了，現在沒有女院士也應該可以再維持三百年的。」她於今年一月正式在巴黎就任院士（是她八年以來第一次去法國），其演講詞的開場稱呼：「各位先生」就顯示出她是躋身於一個沒有其他女人的團體；演講中並提到德斯塔埃爾（de Staël）夫人、喬治·桑和科萊特（Colette）等人，諷刺學院以往拒收婦女的傳統。

尤塞納出版過八部小說，若干劇本和兩册自傳，從希臘文譯過詩。小說多以歷史爲背景，最有名的是《阿德連回憶錄》（*Memoires d'Hadrien*）。去年出了她的一本談話錄，叫《睜眼》（*Les yeux ouverts*）。目前正在撰寫自傳的第三册。

法蘭西學院是一六三四年由當時首相里舍利厄（Richelieu）創立，其主要責任是編一部法文大詞典。院士名額爲四十人，終身職，法國人戲稱之爲「不朽者」（les Immortels）。固然一向排斥婦女，另一方面也有許多偉大作家沒有入選，如巴爾扎克、大仲馬、普魯斯特等；福樓拜根本就沒有申請加入過。

（七）詞典戰爭

法國對詞典極其注重。前面說過，法蘭西學院這一堂而皇之的機構，其四十位「不朽者」的主要職責不過是編纂一部綜合大詞典。按統計，法國百分之八十的家庭（約一千三百萬戶）擁有至少一部詞典，這就使詞典成了書商競爭賺錢的工具。最暢銷的《小羅貝爾》和《小拉魯斯》每年總出一次新版，爭取讀者。一九八〇年與往年不同的是有兩本詞典異軍突起，出來同百科全書性的《小拉魯斯》和《小羅貝爾2》搶奪市場。

這兩本詞典分別由阿歇特（Hachette）和弗拉馬里翁（Flamarion）兩家出版社編印，性質和《小拉魯斯》類似，主要包括兩部份，一是詞語，一是專門名詞，插圖大量用彩色套印。

《快訊》（*l'Express*）周刊爲此出了封面專寫，稱之爲「詞典之戰」。但撰寫書評的幾位專家（包括批評家和小說家馬克斯・加洛 Max Gallo）對這四種詞書的反應都不好，特別是認爲取材標準極不客觀。例如指出瑪格麗特・尤塞納之被四書列入，是因爲她成爲法蘭西學院第一位女院士，而不是根據她的著作本身的品質。在阿歐特詞典中，一九六八年五月學生運動以後大走紅運的小說家包里斯・維昂（Boris Vian）一條佔了十行，同塞利納（Céline）和笛福（Defoe）佔的行數一樣多。同期該刊總編輯兼專欄作家勒韋爾(Revel)則指出在《小羅貝爾2》中，夸西莫多（Quasimodo）竟和大小說家拉貝萊（Rabelais）佔了同樣多的行數（查手邊的一九七五年版，則前者佔十八行，後者佔廿五行），如果前者不是在一九五九年得過諾貝爾文學獎，那麼是不會有誰知道他是何許人的。

另外，《觀察》（*Le Point*）和《讀書》（*Lire*）月刊也發表了長篇書評，都比較客氣。

去年法國詞典界還有一件重要的事，就是《非傳統法語詞典》（*Dictionnaire du francais non conventionnel*）的問世。此書由阿歐特出版，編纂者爲詞典學家雅克・塞拉爾（Jacques Cellard）和阿蘭・雷伊（Alain Rey，羅貝爾死後其詞典系統的主要負責人），長近九百頁，是法國俚語、行話和切口等「非傳統」詞語方面空前的力作。此前有幾本都是小冊子型（如拉魯斯出的），往往以一兩個同義詞說明含義，等於一張清單。而這本詞典則對每一個詞都追本溯源，引經據典，讀來津津有味，令人想起埃里克・帕特里奇(Eric Partridge)的名著《英語俚語及非傳統語詞典》(*Dictionary of Slang and Unconventional English*)。

順便提一下，去年大陸新出版的《法漢詞典》長近一千五百頁（十六開本），收詞六萬二千多條（包括約一萬五千科技詞條），有十三種附錄。比起以前各種小型法漢詞典來，使用價值要高得多了。

（八）福樓拜等人的周年紀念

世界上最喜歡捧知識份子的恐怕要算法國人了，簡直有點像某些國家中捧電影明星一樣。前面提到，一個名不見經傳的作家如古依魯死了以後，《世界報》以頭版發訃聞，用半版刊載紀念文字。這在法國人看來是理所當然的。

五月八日是「完美作家」(l'ecrivain absolu)福樓拜逝世一百周年，不消說是文壇大事，各地展開了種種紀念活動，各報刊發表了不計其數的報導和評論文章。有的學術雜誌出了紀念專號（如《弓》*l'Arc* 五月號）。這裏根據手邊有資料可查者摘要作一簡報。四月廿三日《世界報》書評專刊以三版篇幅刊出了十來篇文章，著重顯示福樓拜對後世的深遠重大的影響。僅舉幾篇文章的題目已可看出其內容：〈一個大人物〉、〈阿拉貢——薩郎寶的讚賞者〉、〈第一個現代作家〉、〈十九世紀的塞里納〉、〈一個精神上的兒子：卡夫卡〉，並列舉了福樓拜作品、研究資料和周年紀念日前後出版的有關書籍和舉行的慶祝活動。五月五日的《新觀察家》也闢了專門一節，刊出福樓拜父親給他的四封信（以前未出版過）和一組討論福樓拜對世界各國文學影響的文字，執筆者包括歐仁·尤涅斯庫(Eugene Ionesco)、娜塔莉·薩羅特（Nathalie Sarraute）、意大洛·卡爾維諾（Italo Calvino）和馬里奧·巴爾加斯·洛薩（Mario Vargas Llosa）等著名作家。《讀書》五月號刊出福樓拜致友人的一封信（寫時還不到十歲），致情婦的一封信和致莫泊桑一封信的一部份；選錄了波特萊爾、亨利·詹姆斯和洛薩對福樓拜的評論，最後一篇談沙特對福樓拜的研究（著重《家中白痴》*l'Idiot de la famille*，沙特晚年所致力的關於福樓拜的專著）。

有名的「七星叢刊」（Pléiade）去年出版了《福樓拜書信集》（*Correspondance de Flaubert*）第二卷（一八五一——一八五七），是這位小說家周年紀念方面的重要貢獻，其編者獲得去年的居斯塔夫—福樓拜獎。此書第一卷是一九七三年出版的。美國福樓拜研究者弗蘭西斯·斯蒂格穆勒（Francis Steegmuller）根據這兩卷所編譯的英文本（一八三〇——一八五七）也於去年出版，但非全譯，尤其較色情的描寫多被刪略，頗爲評者詬病。（其實福樓拜的後人和法文本最初的編輯者已經根據同樣理由先後大刪過兩次）。

福樓拜在中國的讀者極多，影響極大，但去年好像沒有什麼紀念的表示。大陸重印了福樓拜專家李健吾一九三五年寫的《福樓拜評傳》，顯然是形格勢禁，沒有作任何增補修訂，而且他寫的新序和一段簡短跋語中隻字沒有提到去年是福樓拜逝世一百年。

× × ×

去年十一月九日是戴高樂去世十周年。除了許多紀念活動和文字外，值得一提的是去年他的《書信與筆記》（*Lettres, notes et carnets*）第一集（一九〇五—一九一八）和第二集（一九一九—一九四〇）出版，他的《回憶錄》（*Memoires*）也改名《環球記事》（*Journal du monde*, 一八九〇—一九七〇）重版。

此外，去年八月廿六日是詩人吉約姆・阿波利內爾（Guillaume Apollinaire）誕生一百周年（他生於羅馬，是一個意大利軍官和一個波蘭貴族小姐的私生子）。十二月八日是瑞士出生的作家和政治家邦雅曼・康斯坦（Benjamin Constant）逝世一百五十周年。二人都是法國文學史上的重要作家，照例都有種種形式的紀念表示。

法國人很注意文學家的生死周年，今年一月二日《世界報》書評專欄已經預先提醒讀者本年度有些什麼重要作家的周年，其中包括陀斯妥耶夫斯基和名詞典家埃米爾・利特雷

（Emile Littré）逝世一百周年和名小說家羅歇・馬丹迦加爾（Roger Martin du Gard）誕生一百周年。

（九）文學獎

法國僅是首都巴黎每年就出版二萬七千種書。大大小小的文學獎也不勝枚舉，但幾個重要的往往由大出版商操縱或「分贓」。去年獲得最受人重視的龔古爾獎的是伊夫・納瓦爾（Yves Navarre）所著《動物園》（*Jardin d'acclimatation*）。《世界報》特別指出，龔古爾獎一九〇三年創置以來，這才是弗拉馬里翁出版社第三次獲得（得過最多次的是加利馬 Gallimard 出版社）。得獎的這本小說的主題之一是同性戀，其最初八個稿本遭到所有出版社拒絕。

龔古爾獎和諾貝爾獎不同，獎金不但不是鉅款，而且只有五十法朗（約合十二塊美金），微不足道，但作者一經品題，卻可以登進文壇的龍門，身價百倍，作品也隨之暢銷，同樣名利雙收。

其他比較重要的文學獎得主如下：

勒諾代獎：達尼埃・薩納（Danielle Sallenare）女士所著第三部小說《居比奧市的

門》(*Les portes de Gubbio*)。

聯合獎(Interallié):克里斯蒂娜・阿諾蒂(Christine Arnothy)女士所著小說《百事大吉》(*Toutes les chances plus une*)。

保羅・莫杭獎(Paul Morand):讓—馬里・勒克萊齊奥(Jean-Marie le Clézio)。此獎設獎金三十萬法郎。去年是第一次由法蘭西學院主持評選頒發。勒克萊齊奥一九四三年生(父親英國人,母親法國人),是成了名的小說家,已經得過別的文學獎。這次得獎也不是專對他的某一本書,而是他的累積成就,屬於錦上添花的榮譽。

(十)阿歇特出版社易主

法國出版事業之繁榮自不待言。巴黎有八家大報,四份全國性新聞周刊和幾百種形形色色的雜誌。去年詞典戰爭參戰者之一阿歇特不但是法國最大的出版社,也是最大的書刊經銷商,擁有一百多家公司。法國每十本雜誌中就有一本是這個系統所編印(包括《觀察》周刊、《她》*Elle* 等暢銷刊物);每五本書中就有一本是它所出版,像格拉塞(Grasset)、法亞爾(Fayard)和斯托克(Stock)等和「袖珍叢書」(Livre de poche)等出版機構都屬於阿歇特系統。至於雜誌的銷售,更幾乎為它所壟斷。

阿歇特出版社是一八二六年由路易・阿歇特創立的，直到一九七五年仍然由這個家族控制，但去年十二月法國第三家最大的電子公司馬特拉(Matra)卻因佔有了決定性數額的股票而將之接收過去，成了它的新主人。馬特拉公司十分龐大，主要製造並出口武器和火箭等，與出版事業風馬牛不相及。這就使文化界人士頗為擔憂，因為這種公司唯利是圖，難免會犧牲品質，專搞迎合低級趣味或缺少學術價值的書刊。（在美國近些年這種事已司空見慣，許多原本獨家經營的名出版社由於財政發生困難而淪為大工商業的子公司，被迫以營利為能事了。）一時盛傳這件事的背後操縱者是當時的總統吉斯卡爾・德斯坦，據說他的用意是要控制法國的報章雜誌，免得它們攻擊他。《世界報》甚至稱這件事為「醜聞」(scandale)。

(十一)關於中國的幾件事

去年六月，在巴黎舉行了一次關於中國抗日戰爭時期文學的國際性討論會，由阿蘭・佩雷菲特主持開幕。（他雖然不是漢學家，但所著《當中國醒來的時候》*Quand la Chine s'éveillera* 一九七三年問世以來始終暢銷不衰。）除法國學者外，有來自美、英、荷、意、西德、巴西和香港的中外人士參加。大陸也派了一個代表團，成員包括艾青、吳祖光和劉白羽等老作家。

×　×　×　×

去年中國作品被譯成法文出版的有茅盾的《春蠶》、浩然的《中國鄉村故事》（譯名）、陳若曦的《尹縣長》和巴金的《羅伯斯庇爾的秘密》（譯名）等四部短篇小說集。巴黎最大的書店之一弗納克（FNAC）把《春蠶》和《尹縣長》放在進口最顯著的地方招攬生意。

研究中國現代文學的巴黎第八大學教授米歇爾・魯瓦（Michelle Loi）的《法國詩派的中國詩人》（*Poètes chinois d'écoles françaises*）去年出版。魯瓦女士文革期間態度極左，當人們表示懷疑老舍是自殺還是他殺時，她說：「老舍是怎麼死法一點也不重要！」因此這幾年大受嘲罵。

大陸方面，去年繼續譯出了一些法國作品，其中尤以朱爾・韋爾納（Verne）的科學幻想小說最多。（年底北京出版了吉斯卡爾的《法蘭西民主》*Démocratie française* 中譯本。）

×　×　×　×

今年年初，「四人幫」等的審判結束前不久，法國有人發起了營救江青的運動。一月十五日，「婦女解放運動」（MLF）組織在《世界報》用一版的篇幅登載了一個廣告，「緊急呼籲」中共當局撤銷判江青死刑的意圖。認為江青為自己所作的辯護極其有效，使中共政府和報刊不敢披露。文中甚至還喊「造反有理」這句口號。同時宣佈一月十七日在中共駐法國大使館門前示威請願。簽名者法國方面有小說家瑪格麗特・迪拉斯（Marguerite Duras）、作家卡洛爾（Karol）和電影明星讓娜・莫羅（Jeanne Moreau，通常譯爲珍妮・摩露）及卡特琳・德納弗（Catherine Deneuve）等。作家克洛德・魯阿在一月廿六日的《新觀察家》著文指出營救江青等人固然是應該的，但更重要的是讓中國人民享有自由，眞正當家作主。

× × × ×

去年韓素音的新著《鳳凰的收穫》英文本和法文本先後問世。法文本（*La moisson du phènix*）出版後，西蒙・列斯（Simon Leys）在八月九日的《快訊》上發表了一篇題爲〈韓素音：隨波逐流的藝術〉（Han Suyin: l'art de naviguer）的辛辣文字，將她以前著作中的三本同新著對照印證，發現她先前隨聲附合，對文革極盡讚美之能事，曾幾何時，「四人幫」一倒臺她就翻臉痛詆，把文革說得一無是處。尤有甚者，她對自己前後矛盾，翻雲覆雨的作風竟還振振有辭，認爲作人就應該這麼隨波逐流。

這篇文章已被譯成英文，登在英國《筆滙》（*Encounter*）雜誌十月號。

——一九八一年三月二十日

愛德蒙・威爾遜的文學批評

愛德蒙・威爾遜（Edmund Wilson）在學術方面並不完全集中於文學，在文學方面並不完全集中於批評，在批評方面也並不完全集中於一種形式。他寫過戲劇和詩歌評論，早期的文集裏詩評佔相當大的篇幅。第一本批評論文集《阿克塞爾的樓堡》(*Axel's Castle*) 所討論的六位作家當中就有四位是詩人。但是第二本，《三重思想家》(*The Triple Thinkers*)，只有一篇談普希金的文章，另外一篇〈詩是垂危的技巧嗎?〉(Is Verse a Dying Technique?) 主要論點是詩的領域逐漸被散文佔領，詩所表達的散文也能表達，甚至主張放棄 Poetry 這個詞不用，或者另下新的定義。到第三本文集《傷與弓》(*The Wound and the Bow*) 就沒有談詩的文字，而純粹以小說爲主題了。事實上威爾遜的詩評範圍比較狹窄，忽略了希臘、伊莉莎白時代和法國古典戲劇；同時專家們認爲他的見解不高明，分析有偏差，偶而甚至會把詩的意思看錯❶。威爾遜的成就主要是小說評論，這也是我今天要談的重心所在。

首先我想交代一下威爾遜這三本有系統的論文集的中心概念和構想。一九三一年出版的《阿克塞爾的樓堡》討論了葉芝（W. B. Yeats）、梵樂希（Paul Valéry）、艾略特（T. S. Eliot）、普魯斯特（Marcel Proust）、喬伊斯（James Joyce）和斯坦因（Gertrude Stein）。威爾遜認爲他們承襲了象徵主義的衣缽，以他們爲根據追溯了當時文學中某些趨向的本源。他一方面指出像維利埃·德利亞一亞當（Villiers de l'Isle-Adam）散文詩劇〈阿克塞爾〉（Axel）男主角那樣待在樓堡裏面耽於幻像而終於自殺的極端逃避現實的思想是一條死胡同，另一方面認爲韓波（Arthur Rimbaud）所走的相反方向——放棄文學藝術，採取實際行動——也行不通。威爾遜關切的是：我們到底能不能達成一個美滿的人類社會，如果不能，那麼寫出少數幾部傑作即使對能夠欣賞的少數幾個人來說是不是就證明人生有多大意義。

---

❶ 參看 Andrew Harvey, "Edmund Wilson and Poetry: a Disagreement", in John Wain (ed.), *Edmund Wilson: The Man and His Work* (New York: New York University Press, 1978), pp. 115-130.

一九三八年出版的《三重思想家》書名所根據的是福樓拜 (Flaubert) 的一句名言：嚴肅的藝術家必然是三重思想家，他一定要棄絕宗教，棄絕祖國，棄絕社會意識❷。儘管《包法利夫人》的作者在極不滿現狀的情緒下對情婦說了這樣決絕的話，威爾遜在〈福樓拜的政治〉(The Politics of Flaubert) 這篇文章裏判斷他對政治和社會其實並沒有眞正失掉興趣，他倒是與當時的社會主義思想頗有契合之處，而且受過一些影響，儘管福樓拜自己未必願意承認。一九二〇年代威爾遜和西方很多知識份子一樣感受到蘇聯革命的震撼，產生幻想。在《三重思想家》中那篇〈馬克思主義與文學〉(Marxism and Literature) 裏，他承認馬克思主義對於評定藝術作品的好壞絲毫沒有用處，但仍然堅持它對於了解藝術作品的本源和社會意義很有幫助。若干年以後他才把著重點加以調整，強調馬克思主義從來沒有摧毀他對文學的信仰。

第三本論文集《傷與弓》於一九四一年出版。在索福克勒斯 (Sophocles) 的劇本《菲羅克忒忒斯》(*Philoctetes*) 裏，這位英雄參加了希臘遠征軍前往特洛伊 (Troy)，路上被蛇咬傷，無法治好，被遺棄在荒島上住了十年；後來遠征軍攻不下特洛伊，預言家測定必

❷ 見 Gustave Flaubert, *Correspondence,* II (Paris: Gallimard, 1980), p. 316.

得有他帶著每發必中的寶弓助戰才能取勝，這才派了奧底修斯（Odysseus）偕同阿奇里斯（Achilles）的兒子回來找他。威爾遜根據這個情節發展出他的理論：一個作家的心理創傷與他的藝術天才往往密切相關；作家有了嚴重的殘障反而可能寫出傑作；社會要獲得他的藝術，就得接受他的缺陷。這本書和《阿克塞爾的樓堡》一樣，也討論了六位作家：迭更司（Charles Dickens）、吉普林（Rudyard Kipling）、卡薩諾瓦（Jacques Casanova）、華爾頓（Edith Wharton）、海明威（Ernest Hemingway）和喬伊斯。

這三本書是威爾遜在文學批評方面的成名作，也是代表作。除此以外，他還出過四本以書評爲主的文集：《經典作品與暢銷作品》（*Classics and Commercials*）、《光之岸》（*The Shores of Light*）、《不馴集》（*The Bit Between My Teeth*）、和《魔鬼與巴勒姆教士》（*The Devils and Canon Barham*），出過一部談美國內戰時期文學（主要爲非純文學性文獻）的大書《愛國的血腥》（*The Patriotic Gore*），一本俄國文學論文集《開向俄國的窗戶》（*A Window on Russia*），他死後到現在已經有兩本書信集和四本日記出版❸。

---

❸ 兩本書信集見⓬和㉘；四本日記(journal)是 *The Twenties, The Thirties, The Forties* 和 *The Fifties*, 由紐約 Farrar, Strauss and Giroux 依次於1980, 1983和1986年出版。

從這些著作我們可以看出威爾遜在文學批評上成長和發展的過程。他早年深受泰納的決定論——所謂種族、環境和時代——的影響，後來吸收了馬克斯和佛洛伊德的一些觀點，同時利用判斷批評（judicial criticism），站在藝術欣賞的立場對作家的成敗和作品的好壞進行分析。

威爾遜認爲文學與社會人生密切相關，他在《阿克塞爾的樓堡》的獻詞裏爲文學所下的定義是："a history of man's ideas and imaginings in the setting of the conditions which have shaped them"——文學是根據生活環境憑著想像寫活了的一種思想史。他讚揚泰納「把創造者本人作爲較大的文化和社會史戲劇中的角色創造出來」❹；威爾遜相信作家的家庭出身和社會環境是了解作品的一把鑰匙，尤其可以幫助我們認識作品的心理背景。談卡夫卡的時候，威爾遜同意馬克斯・布羅德（Max Brod）在卡夫卡傳裏把他朋友的生平與著作清楚明白地聯繫起來。同樣，威爾遜那篇〈屠格涅夫與賦予生機的水滴〉（Turgenev and the Life-Giving Drop）把屠格涅夫筆下的帝俄社會跟他母親對他和

---

❹ "A Modest Self-Tribute", *The Bit Between My Teeth* (New York: The Noonday Press, 1967), p. 2.

農奴的高壓手段聯繫起來。威爾遜很遺憾關於亨利・詹姆斯（Henry James）的傳記資料我們只有他本人的回憶和書信，而詹姆斯對自己的感想和情緒通常總是語焉不詳，結果我們只能到他作品的字裏行間去尋找捕捉。

〈迭更司：兩個斯克魯治〉（Dickens: The Two Scrooges）這篇八十多頁的長文被福特（George Ford）讚爲「這位作家的嶄新寫照。」❺文章一開頭就慨嘆在偉大的英國作家當中迭更司最不受本國文壇重視，然後利用大量文獻不厭其詳地探討了迭更司童年的遭遇，確實爲這位小說家描出了一張新的畫像。迭更司的父親在政府機關當文書，但是他自己九歲以前住在鄉下，可以看戲，可以看《天方夜譚》和十八世紀小說，還有牛津大學學生作家庭教師，生活很像公子哥兒。後來搬到倫敦和父母一起住，情況就不同了。十二歲那年他父親因爲欠債被關進監牢，迭更司被送到一家鞋油工廠，大少爺變成了小學徒，受盡了折磨屈辱。他本來就有一種神經性昏厥病，這段時間又開始發作；有一次發得很重，躺在一堆乾草上，其他學徒拿盛鞋油用的瓶子裝熱水放在他兩脇上，半天工夫才使他復原。就這樣做了半年小工，心理上留下嚴重的創傷。儘管外表上看起來是由於家庭出了變故，但是迭更司沒

❺ *Dickens and His Readers* (New York: W. W. Norton, 1965), p. 251.

有辦法了解父母為什麼要讓他去受這樣的煎熬。正因為這段經驗太過慘痛，迭更司從來沒有告訴別人，連他太太和兒女都是在他死後看福斯特（ John Forster ）寫的傳記才知道。照威爾遜看來，迭更司的全部著作就是要設法「消化」（digest）這種創傷，理解這種慘事的成因。迭更司的祖父在貴族人家當大管家，祖母原來是另一家貴族的女佣人，結婚以後到丈夫的主人家作女管家。他外祖父和他父親在同一個政府機關當文書，年薪只有三百五十鎊，可是七年之內盜用公款五千六百八十九鎊三先令三便士，被發現以後畏罪潛逃。對這種不光彩的祖先迭更司同樣守口如瓶，直到一九三九年才有人根據他一個女兒的談話記錄把他忌諱的「家醜」外揚。威爾遜認為所有這些情況我們都應當銘記在心，只有這樣才能明白迭更司創作時的動機：「必須認識他的為人，然後才能欣賞他的藝術。」❻他特別提到《匹克威克外傳》（*The Pickwick Papers*），如果我們不知道這些事實，對迭更司這本處女作的某些地方就可能注意不到。

據威爾遜分析，像迭更司這樣有個性有志氣的少年如果受到成人社會的摧殘，長大以後或者會變成犯罪者，或者會變成反叛者，而迭更司在其作品中潛意識地把自己想像成既是犯

❻ *The Wound and the Bow* (New York: Oxford University Press, 1965), pp. 8-9.

罪者，又是反叛者。迭更司對盜賊一流的人物興趣很大，對殺人越貨的好漢簡直懷著偏愛；他會開玩笑說自己有「殺人的衝動」(murderous instincts)，他會半開玩笑說在街上走路的時候彷彿覺得自己是通緝犯，警察正在追捕他❼。他的小說常常提到監獄，他的人物常常坐牢。

在威爾遜筆下，吉普林的童年和迭更司有很類似的地方。他父親是藝術家，從英國到印度的孟買教書，從來做了拉合爾 (Lahore) 博物館館長。吉普林生在印度，六歲以前用的是印度話，英文反而不大會講。六歲那年父母把他和三歲半的妹妹送回英國，在一個親戚家寄養了六年。吉普林在印度是主子少爺，隨時隨地有僕人侍候，現在這位親戚的太太可是非常暴虐，動不動就要打罵，引《聖經》來恫嚇他們說將來會有惡報。就是弄灑了一點湯，或者看家信時流下眼淚，阿姨也會命令他們二十四小時之內不准交談。威爾遜斷定這個女人是「類似迭更司和薩繆爾・勃特勒(Samuel Butler)作品中那種最惡劣的家庭宗教暴君。」❽終於吉普林精神崩潰，病情嚴重，眼睛一部份失明；而這個暴君又生氣了，罰他不准和妹妹

❼ *Ibid.*, 79.

❽ "The Kipling That Nobody Read", *Ibid.*, p. 88.

在一起。威爾遜特別要我們注意這次精神崩潰期間吉普林腦子裏發生幻覺，使他感到加倍恐怖。最後他母親回國探望他們，夜裏臨睡以前去親兒子道晚安，沒想到吉普林六年以來被打慣打怕，以爲又要挨打，本能地伸手去擋。他母親覺察到情況實在不好，這才把兒妹二人帶走。

據吉普林的妹妹晚年回憶，他們童年時代最大的悲劇除了身心備受阿姨摧殘以外，就是他們怎樣也無法了解父母爲什麼忽然要把他們遺棄。事實上，跟迭更司一樣，童年的這段慘痛經驗在吉普林的心裏永遠留下了創傷，直接影響到他的創作。但是這種影響的性質恰好相反；吉普林絕對不會設想自己有犯罪或者反叛的傾向，他倒是出落成一個服從權威，卑視弱者的帝國主義者和種族主義者。威爾遜指出，吉普林對那位親戚太太的虐待總是逆來順受，這種反應是不正常的，是一種變態。迭更司可以讓大衞·考柏菲爾 (David Copperfield) 咬他繼父莫德斯東先生 (Mr. Murdstone) 的手，然後離家出走；迭更司小說的主題往往是正面人物對莫德斯東先生所代表的冷酷社會進行的鬪爭。在吉普林筆下這卻是不可思議的事。一個小孩子無論受多麼殘忍的折磨，都不會反抗，更不會逃走，倒會像他的創造者那樣，一看到阿姨要發作就趕緊作出搖尾乞憐的姿態去平息她的怒氣，然後在私底下對妹妹說：這個女人是低級的下流東西，她算老幾？威爾遜認爲從這種不正常的態度出發，後來吉普林終於極端仇視民主，擁護強權。

威爾遜對迭更司和吉普林的分析並不限於他們的童年。他引了福斯特的論斷，指出迭更司長大以後又對兩件事耿耿於懷。一是他的婚姻很不美滿，對太太越來越感到厭煩；一是他對社會無法適應，儘管他已經變成聞名全球的大文豪。威爾遜相信迭更司成年時期發展出雙重性格，他的人物也兼有斯克魯治的善惡兩面。因爲他自己無法適應社會，迭更司晚年放棄了反叛者這個題材，而全心全意處理犯罪者這種人物。談到迭更司沒有寫完的最後一部小說《愛德溫・祝德之謎》(*The Mystery of Edwin Drood*)，威爾遜看出他這時候只關心一個心理問題：「高低、貧富的雙重性在這裏顯然已變成善惡的雙重性。」[9]至於吉普林，他離開那家親戚以後也又碰到過兩次難堪的經驗：他在英國公立學校受到的揶揄欺侮和他在美國因財產糾紛同他妻舅之間的官司。但不管是迭更司還是吉普林，成年後的惡劣遭遇卻只是童年遭遇的一種延續。儘管威爾遜沒有公開指出，但顯而易見吉普林和迭更司一樣，童年時代的心理創傷和成年時代的藝術成就不但並行不悖，而且相輔相成。威爾遜這樣把生平傳記與心理分析結合起來夾敍夾議，生動地刻劃出兩位多年被忽略被誤解的小說家的眞實面

---

⑨ *Ibid.*, p. 82.

目。

威爾遜論吉普林的那篇文章題目是〈無人閱讀的吉普林〉(The Kipling that Nobody Read)，儘管發表以來並沒有使吉普林登上暢銷榜，但是爲他在文學史上定了位，影響到後來人們對他的態度。安格斯・威爾遜（Angus Wilson）就是在愛德蒙的感召之下寫出了迭更司和吉普林的評傳。作爲一個判斷批評家，威爾遜最難得的是這種特立獨行的精神。

一九二〇年代知名作家當中，首先寫文章向讀者推薦海明威的是威爾遜。海明威看報知道威爾遜曾向一位書評家稱道他的作品，寫信要求威爾遜爲他的兩本書寫書評。威爾遜在書評裏表示海明威偶而流於淺薄；不贊成《在我們的時代》（*In Our Time*）的書名、作者和出版地點全都不用大寫字母這種追逐時髦的作風。但是肯定海明威有獨創性，《在我們的時代》比描寫第一次世界大戰的其他美國作品有藝術尊嚴，對這位青年作家頗爲推重⑩。十多年後，在一篇文章〈致俄國人，談海明威〉(Letter to the Russians about Hemingway）裏⑪，威爾遜還是讚揚他對一種概念或感受能夠形象化地如實直寫，避免說教或辯

---

⑩ "Emergence of Ernest Hemingway", *The Shores of Light* (New York: Vintage Books, 1961), pp. 115-124.

⑪ *Ibid.*, pp. 616-629.

論。但同時發現他喜歡闖進作品裏，而每次闖進去作品一定失敗，作者則給人一種沾沾自喜或顧影自憐的印象，徒然顯得荒唐可笑。在那時剛出版的《非洲青山》(*Green Hills of Africa*) 裏，海明威居然對自己欽佩過的格楚德・斯坦因 (Gertrude Stein) 冷嘲熱諷了一番，而原因是此前不久出版的斯坦因自傳裏有對他不利的評語，現在硬藉小說報復起來了。一九四一年初，威爾遜把《傷與弓》的書稿交給斯克利布納 (Charles Scribners) 出版社。海明威的書通常都由這家書商出版，他們看到那篇〈海明威：道德的標尺〉(Hemingway: Gauge of Morale) 大吃一驚，要求威爾遜抽出不印，威爾遜拒絕，斯克利布納出版社於是取消合同。據威爾遜說，海明威那幾年情況越來越糟，已經瘋瘋癲癲，書商怕他不再讓他們出他的書⑫。

在這篇文章裏，威爾遜表示了對先前譽揚過的青年作家的失望，討論了他每下愈況的惡劣趨向。本來簡潔有力的散文現在變得又臭又長；節制變成放縱；小說家變成社會聞人。無論在《非洲青山》或者《午後之死》(*Death in the Afternoon*)，只要使用代表作者的

---

⑫ 見 *Letters on Literature and Politics*, 1912–1972, ed. Elena Wilson (Now York: Farrar, Strauss and Giroux, 1977), p. 387.

第一人稱，就會走板，漸漸地海明威完全以自我爲中心，失去對社會人類的同情和關懷。在《有與無》（*To Have and Have Not*）裏更進了一步，「對人類的反對態度在這裏很明顯地變成是惡意的了：男主角像個木頭木腦的潘趣（Punch），老是敲人家（不如他的人——中國佬或古巴佬）的頭；其實他也兼有潘趣和卡通片裏大力水手的特點。……海明威的歹徒與大力水手相比之下唯一吃虧的是他的創造者沒有設法使他合情合理，因爲沒有解釋說他有這樣的能耐全靠吃菠菜。」⑬

海明威的《第五縱隊》（*The Fifth Column*）在威爾遜看來是「愚不可及的產品。」⑭海明威本來就喜歡描寫獵殺動物的場面，最初是蟲和魚，接著是獸類，後來是人類（中國佬或古巴佬），在這個劇本裏則是法西斯主義者。法西斯主義者是混帳王八蛋，殺他們是天經地義的神聖事業。《向武器告別》（*A Farewell to Arms*）的男主人公在戰鬥、被捕、逃脫和飲酒作愛等激烈的經驗之後，在一個寒夜裏冒著大雨划了三十五公里船和女朋友到達安全地區。威爾遜認爲這時候海明威孩子氣的白日夢使他忘記了自己的寫實主義訓練。《有與

---

⑬ *The Wound and the Bow*, p. 186.

⑭ *Ibid.*, p. 189.

無》情況亦復如此。這種傾向發展到《第五縱隊》，就使人想起好萊塢的二三流西部片和小男孩幻想中的英雄故事，連兒童讀物的作者都會覺得太過份。

《傷與弓》後來由霍頓・米夫林（Houghton Mifflin）出版，海明威曾經氣急敗壞地威脅要打官司禁止出書。一九四四年他給斯克利布納編輯柏金斯（Maxwell Perkins）的信裏罵威爾遜「陰險奸滑，……愚蠢，胡說八道，空洞，狂妄，自大。……他是我們這個糟糕的時代大大的一個假誠實，假名匠，假大批評家。」⑮一九五〇年他給批評家米茲納（Arthur Mizner）寫信嘲笑「威爾遜跟我們胡說些關於創傷的狗屁話。好嘛，我有二十二處可以看得見的創傷（可能還有一處看不見的），而且明確知道殺死過一百二十二個人，另外可能殺死的不算。」⑯他認爲這種心理分析的文學觀根本站不住腳。過了一年，威爾遜編《光之岸》（*The Shores of Light*）的書稿，寫信要求海明威准許把當年寫給威爾遜的三封信放在〈歐尼斯特・海明威的出現〉（Emergence of Ernest Hemingway）這篇文章裏。看樣子提到過十年前斯克利布納取消合同的那段過節，因爲海明威回信時以證實的口

---

⑮ *Selected Letters*, 1917-1961. ed. Carlos Baker (New York: Charles Scribner's Sons, 1981), p. 557.

⑯ *Ibid.*, p. 679.

吻承認當年柏金斯確是曾經告訴他《傷與弓》有誹謗嫌疑（libelous）[17]。但大體上語氣相當平和，以後他們之間偶而還有書信來往。一九六一年海明威自殺，威爾遜給卡津（Alfred Kazin）的信裏表示「多少有點難過」：「當然他常常做些蠢事，但我覺得像是我這一代的整整一個角忽然塌了，很可怕。」[18]

從前面的討論我們可以看出，威爾遜對海明威的失望基本上是因爲這位小說家不但沒有實現他當年對他的期許，而且漸漸把自己情緒上的幼稚病帶進作品裏去，使作品失敗。如果〈海明威：道德的標尺〉這篇文章偶而坦率得近乎挖苦，我倒認爲這正是威爾遜作爲批評家難能可貴的地方，正可以證明海明威罵他「陰險奸滑」是意氣用事。——以他們二人之間先前的關係，換了別人很可能不會對海明威這位鼎鼎大名的作家這樣痛下針砭。

就是對於最熟的朋友威爾遜批評起來也採取這種直言不諱的態度。他和菲茲杰羅（F. Scott Fitzgerald）是大學同學，一生保持了知己的交情。一九二二年威爾遜爲《天堂的這一邊》（*This Side of Paradise*，或譯《人間天堂》）寫的書評說它是「在有史以來還不

---

[17] 見 *Ibid*, p. 733.

[18] *Letters on Literature and Politics*, p. 602.

算太壞的書當中是最不通的一種了。……裡面不但粧點了一些僞造的概念和冒牌的典故，而且充滿了胡謅亂扯的文藝腔。」[19]威爾遜認爲菲茲杰羅基本上把這本小說寫活了，除此以外幾乎一無可取。從他們的書信裡我們可以看出菲茲杰羅並沒有因此火冒三丈，而且始終把威爾遜當作自己的「思想良心」(intellectual conscience)。」[20]一九四〇年菲茲杰羅死後，威爾遜負責編一本紀念文集，他給斯坦因的信裡有這麼一段話：「我想你是對的：他有海明威完全沒有的那種創造才具——我認爲他的某些作品會流傳下去。」[21]

一九一九年，威爾遜在一封信裡勸菲茲杰羅不要儘是看當代英國人寫的小說，警告他如果不當心，會很容易變成一個受大衆熱烈歡迎的「無聊小說家(trashy novelist)。」[22]威爾遜對菲茲杰羅和海明威最大的憂慮就在這裡。一九二四年他在一篇文章裡虛擬了菲茲杰羅與布魯克斯(Van Wyck Brooks)的對話錄，有一段菲茲杰羅說自己住在紐約市郊高

---

[19] *The Shores of Light*, pp. 28-29.

[20] 並參看 Alfred Kazin, "Introduction", *F. Scott Fitzgerald: The Man and His Work* (New York: Collier Books, 1974), p. 12.

[21] *Letters on Literature and Politics*, p. 346.

[22] *Ibid.*, p. 46.

級住宅區，每年至少要賺三萬六千元才能維持生活，所以只好「寫一大堆濫東西」，威爾遜「看了很無聊，很難過。」㉓同樣，一九三五年在那篇爲蘇聯人寫的談海明威的文章裡，威爾遜指摘了海明威「在男人服裝雜誌《老爺》（*Esquire*）上發表的無聊文章㉔。」他之所以瞧不起毛姆（Somerset Maugham），也是因爲這位暢銷作家的文字充滿陳腔濫調，是個「半無聊小說家，文章寫得很壞。」㉕威爾遜寫過三篇文章談偵探小說，結論是光陰可惜，勸讀者不要浪費在這種「無聊東西」（rubbish）上面㉖。

威爾遜與納包科夫（Vladimir Nabokov）從莫逆之交而至於水火不能相容，在某種程度上當然是由於兩個人的自我都是特大號，但基本上還是與文學見解有關。例如在托爾斯泰和陀思妥耶夫斯基之間，威爾遜比較推重托爾斯泰，但是他有大批評家的眼界，看出陀思妥耶夫斯基是個偉大的創作天才。納包科夫卻把陀思妥耶夫斯基貶得一文不值，他在威爾斯利學院（Wellesley College）教書時，有一次在課堂上給六個著名的俄國作家評分，結果托

㉓ "Imaginary Dialogues", *The Shores of Light*, p. 151.
㉔ *Ibid*., p. 621.
㉕ *Classics and Commercials* (New York: Vintage Books, 1962), p. 326.
㉖ *Ibid*., p. 265.

爾斯泰第一名，拿到 A+，而陀思妥耶夫斯基倒數第一，得了個 C- 或 D+㉗。在兩個人的通信裡，威爾遜一再推薦納包科夫看亨利・詹姆斯，認爲只要把他的代表作看過，知道他的文學發展過程，就會喜歡他別的作品。但是納包科夫每看一種失望一次，一九五二年看完詹姆斯的短篇小說集以後告訴威爾遜說：「寫得糟透了，全是假的，哪天你該揭穿這隻蒼白的海豚和他那些媚俗東西。」㉘

威爾遜沒有寫過專文全面探討福克納（William Faulkner）的藝術成就，但一九四八年他爲《私入墳地者》（*Intruder in the Dust*）寫的書評裡非常推重福克納，認爲雖然他早期的小說接近海明威和安德森（Sherwood Anderson），後來卻屬於福樓拜的繼承者康拉德、喬伊斯和普魯斯特這羣小說家的行列㉙。納包科夫對福克納嗤之以鼻，一九四八年九月威爾遜讀完《八月之光》（*Light in August*），大爲讚賞，寄了一本叫納包科夫務

㉗ 見 Hannah Green, "Mister Nabokov", in Peter Quennell (ed.), *Vladimir Nabokov: A Tribute* (New York: William Morrow, 1980), p. 37.

㉘ *The Nabokov-Wilson Letters*, 1940-1971, ed, Simon Karlinsky(New York: Harper Colophon Books, 1980), p. 278.

㉙ 見 *Classics and Commercials*, p. 463.

必要看。納包科夫回信告訴威爾遜：「眞是怪事一樁，你竟然這樣喜歡他的啓示（不管這是什麼東西），而不在意他平庸的藝術手法了。」威爾遜在沒有接到回信以前給納包科夫寫的另一封信說：「他絕對不給人什麼啓示……〔而〕只是以戲劇化手法寫像人生。……我認爲他是當前美國最出色的小說家。」納包科夫的印象剛好相反，他覺得這本小說又臭又長，接著以嘲諷的語氣問威爾遜「你要我看他的作品，或軟弱無力的亨利・詹姆斯和艾略特法師的作品，只不過想拿我開心是不是?」兩邊僵持到一九四九年九月，威爾遜又推薦納包科夫看《喧嘩與騷動》（*The Sound and the Fury*），說他無法了解納包科夫爲什麼看不出福克納的天才。這次納包科夫唯一的反應是：「打倒福克納!（Down with Faulkner!）」[30]

在這些爭辯上我都比較接受威爾遜的看法，我覺得納包科夫在文學上興趣太窄，缺少兼容並包的胸懷。但是偶而我也不同意威爾遜。對我來說，那篇談屠格涅夫的近八十頁長文似乎譽揚太過，納包科夫把屠格涅夫的文章稱爲「華而不實的纖弱文章(weak blond prose)[31]」給他的評分是A⁻，在普希金和契訶夫之後。威爾遜爲巴斯特納克(Boris Pasternak)

[30] *The Nabokov-Wilson Letters*, p. 208; 210; 211; 213; 231.

[31] *Ibid.*, p. 53.

的《齊瓦哥醫生》寫過兩篇長五十多頁的文章，讚爲天才之作㉜；納包科夫則說這是本感傷性的三流小說㉝，也許貶得太低，但威爾遜捧得也未免太高。

卡林斯基（Simon Karlinsky）在《納包科夫——威爾遜通信集》（*The Nabokov-Wilson Letters*）的註裡根據他們的通信和自傳資料，推斷威爾遜曾經無意間促成《洛麗泰》(*Lolita*) 的構想。威爾遜有時候爲納包科夫提供色情書刊；一九四八年他把一個烏克蘭人的回憶錄寄給納包科夫，其中寫到作者成年以後無法控制對小女孩的性慾。這個變童癖的故事顯然對《洛麗泰》有啓發作用㉞。但是等到小說脫稿以後，威爾遜卻很不欣賞。他讓他前後兩任太太瑪麗・麥加錫（Mary McCarthy）和艾琳娜（Elena）也看了，她們都不像他那樣失望，艾琳娜甚至寫信告訴納包科夫她很喜歡。威爾遜在給納包科夫的信裡表示這是納包科夫作品中他最不喜歡的一部：

㉜ 見 *The Bit Between My Teeth*, pp. 420-472.

㉝ 見 Andrew Field, *Nabokov: His Life in Part* (Penguin Books, 1977), p. 268. 並參看 Simon Karlinsky, "Introduction", *The Nabokov-Wilson Letters*, p. 24.

㉞ 見 pp. 201-202.

不但其中的人物和場景本身就令人嫌惡，而且這樣大張旗鼓地描寫也顯得很不真實。種種情節和結尾的高潮……太過荒唐，結果既不可怕又不悲慘，卻又太令人不快，不覺得滑稽了。另外，我認為在這本書裡寫了太多背景，太多地方說明，等等——這在你的作品是很少見的。……下半部單調乏味……有時候俏皮得令人厭倦。[35]

儘管威爾遜抱怨小說第二部份拖泥帶水，但納包科夫後來聽說威爾遜其實只看了前一半就提出這些意見，非常地不高興[36]。威爾遜對《左斜條紋》(*Bend Sinister*)也很失望，曾給納包科夫寫過長信，指出他對政治和社會變動一向漠不關心，因此不善於處理獨裁者這種主題。他預料納包科夫可能會怎樣反駁，所以先把話說在頭裡：「別跟我說什麼眞正的藝術家與政治問題風馬牛不相及。藝術家可能不把政治當回事，但是如果他要處理這種題材，他就應當知道自己在說什麼。」[37]

正式使兩個老朋友翻臉成仇的是威爾遜爲納包科夫翻譯的《葉甫金尼・歐尼埃根》

---

[35] *Ibid.*, p. 288.

[36] Field, *op. cit.*, p. 267.

[37] *The Nabokov-Wilson Letters*, p. 183.

(*Eugene Onegin*)寫的書評。威爾遜提出的反對意見中包括納包科夫專愛使用冷僻字眼，動輒打開《牛津英語詞典》(*The Oxford English Dictionary*)找些讀者從來沒有見過也永遠不會用到的難字或古字：「把這種字強加在讀者身上根本就不是翻譯，因爲寫的並不是可以認識的地道英文。」㊳

不管對納包科夫是不是完全公平，這句話卻充分顯出威爾遜作爲批評家的另一個特點：他願意儘量照顧到讀者的方便和能力。（威爾遜自己的文章平實順暢，從來不寫詰屈聱牙的句子；有時候夾用方言俚語來增加氣勢。）他那篇〈亨利・詹姆斯的隱晦〉(The Ambiguity of Henry James)顧名思義，主要分析詹姆斯的「欲言又止、故弄玄虛的隱晦」往往成爲他藝術上的弱點。例如在《聖泉》(*The Sacred Fount*)裡作者就彷彿不知道自己要說的是什麼，也沒有設想普通讀者對書中不知名的敍述者和他遇到的那些人物會有什麼反應。在《戴西・密勒》(*Daisy Miller*)裡，詹姆斯也彷彿不知道要一般讀者怎樣看待他創造的人物，結果連學者們也衆說紛紜，不能斷定作者到底寫的是什麼樣的人，這些人做了什

㊳ *A Window on Russia, for the Use of Foreign Readers* (New York: Farrar, Strauss and Giroux, 1972), pp. 210-211.

麼樣的事[39]。

威爾遜對《尤力息斯》(*Ulysses*)最不能接受的也就是喬伊斯在書裡放進太多太難的東西，有些章節讀者根本無法看懂。第十四章〈太陽神的牛〉(Oxen of the Sun)威爾遜反復讀了好幾遍，又特別向喬伊斯要到那份有名的寫作大綱，這才弄清楚內容是怎麼回事。威爾遜是最早發現喬伊斯藝術成就的人之一，但是他譴責喬伊斯像普魯斯特一樣，不尊重讀者的注意能力[40]。威爾遜當年還不知道，一九二三年一個法國青年翻譯《尤力息斯》的時候，也曾經向喬伊斯要這份大綱，喬伊斯只給了他一點點，告訴他「要是我全都拿出來，我就不可能永垂不朽了。我放進了不知多少各種各樣的謎，可以讓教授們忙幾百年辯論我的意思，而這是一個人要保證自己會永垂不朽的唯一辦法。」[41]威爾遜為 *Finnegans Wake* 寫過書評，後來收在《傷與弓》裡[42]，喬伊斯看了覺得其中有獨到的見解，也有幾處錯失[43]。但正

---

[39] *The Triple Thinkers* (New York: Oxford University Press, 1963), p.122; p.110;p. 126.

[40] 見 "James Joyce", *Axel's Castle: A Study of the Imaginative Literature of* 1870–1930 (New York: Charles Scribner's Sons, 1959), pp. 214-216.

[41] 見 Richard Ellmann, *James Joyce* (Oxford University Press, 1983), p. 521.

[42] 題爲 "The Dream of H. C. Earwicker", 見該書 pp.1 98-222.

[43] 見 Ellmann, *op. cit.*, p. 723; *Letters of James Joyce*, ed. Stuart Gilbert (New York: The Viking Press, 1957), p. 405.

如威爾遜自己所說的，當年他只通讀過一遍，碰到 *Finnegans Wake* 這種「天書」，誤解實在是難免的。

這倒並不表示愛德蒙・威爾遜是個十全十美的批評家，從來不犯錯，犯了錯也不是他的責任。這個人無比自信，偶而會自負到狂妄的程度，發出偏頗的議論。他一生學過十幾種外文，臨死以前還在全心全意學匈牙利文；可是他拒絕學西班牙文，瞧不起西班牙文學，一九六五年在一篇文章裡宣佈他從來沒有看完《唐吉訶德》（*Don Quixote*），從來沒有去過西班牙或拉丁美洲，言下簡直有點洋洋得意[44]。甚至對於整個歐洲他也越來越看不上眼。一九五六年他在《六十感言》（*A Piece of My Mind: Reflections at Sixty*）裡居然說作為一個美國人「我可以斷言，我在漂亮的美國廁所裡所得到的薰陶啓發遠遠超過歐洲的教堂。」這種傾向走到極端就會走進牛角尖，失去他通常力求審愼開明的優點。〈亨利・詹姆斯的隱晦〉著重討論了〈驚心動魄〉（The Turn of the Screw），其中的心理分析偶而就顯得走火入魔。那位女家庭教師對住在倫敦的男主人害了單相思，有一天正在想念他，忽然看見房子的樓塔上有一個男人。不久她帶女學生芙蘿拉（Flora）去湖邊散步，又突然覺得湖對

---

[44] 見 "The Genie of the Via Giulia", *The Bit Between My Teeth*, p. 655.

面有一個人，同時注意到芙蘿拉揀起一塊木片，木片中間有一個洞，芙蘿拉顯然想再找一根樹枝當桅杆做成一條小帆船，在那裡聚精會神地把樹枝挿進木片裡。家庭教師再擡頭看湖對面，發覺那人是個女的。她斷定這是前任家庭教師，回家以後去問女管家，女管家告訴她，從前這位家庭教師曾經跟男主人當時一個貼身男佣人私通，後來男佣人神秘地暴斃，那家庭教師離職以後也死了。根據這幾個細節，威爾遜認爲：

> 我們不妨從佛洛伊德觀點來看女家庭教師對小女孩手中的木片的興趣和男鬼第一次在塔上出現、而女鬼則在湖上出現這個事實的重要性。㊺

詹姆斯自己聲明他只有意寫一篇鬼故事，至於他寫出來的是不是完全像鬼故事，這當然可以討論；〈驚心動魄〉的情節也確實像一個疑心生暗鬼的單相思病例。但是這樣把佛洛伊德請出來，然後在一塔一湖兩塊木頭上大作文章，總不免顯得強作解人。主要因爲威爾遜的這篇文章，後來學者們就這篇小說展開了熱烈的爭論，一九五九年出過一本集評（Caseb-

---

㊺ *The Triple Thinkers* p. 90.

ook）㊻，看樣子到現在還沒有定案。

威爾遜富有感性，但是對形而上的抽象概念沒有耐心。這樣一來，有些作家他就不能欣賞。他那篇〈關於卡夫卡的一點反對意見〉（A Dissenting Opinion on Kafka）堅決反對把卡夫卡捧得那麼高，認爲他根本算不上是重要作家。威爾遜不了解卡夫卡爲什麼對父親代表的中產階級商業社會要有「小男孩那樣的尊敬與恐懼㊼」。（威爾遜很喜歡用「小孩子」這種字眼批評他認爲不成熟的作家或作品，海明威的某些小說類似「小男孩的幻想」；菲玆杰羅是個「相當孩子氣的傢伙」）㊽納包科夫把《變形記》（*Metamorphasis*）與《往事的追憶》（*Remembrance of Things Past*）和《尤力息斯》等量齊觀，一起列爲二十世紀最偉大的小說㊾，而威爾遜只承認它是卡夫卡最重要的小說之一㊿。兩個人的意見又有

㊻ *A Casebook on Henry James's The Turn of the Screw*, ed. Gerald Willen (New York: Thomas Y. Crowell, 1959), p. 325.

㊼ *Classics and Commercials*, p. 391.

㊽ "Hemingway: Gauge of Morale", *The Wound and The Bow*, p. 190; "F. Scott Fitzgerald", *The Shores of Light*, p. 31.

㊾ 見 *Strong Opinions* (New York: McGraw Hill, 1973), p. 57.

㊿ *Classics and Commercials*, p. 384.

點各走極端。威爾遜對存在主義很反感，一九四七年在一篇談沙特的文章裏，嘲笑存在主義者假定第二次世界大戰德國佔領時期法國人所受的災難代表全人類的處境[51]。威勒克（René wellek）已經指出，威爾遜顯然不知道沙特的《存在與虛無》在一九三六年早就出版，而且存在主義可以回溯到梅德格（Heidegger）和更早的克爾凱戈爾（Kierkegaard）。

但是歸根結底，愛德蒙・威爾遜畢竟是一位偉大的批評家。他從來沒有屬於任何批評學派，也許這正是他的不可企及之處，現在美國文壇上幾乎公認他的貢獻和影響都超過同時代的各派批評家。通常人們稱他爲「美國最後一個文學通才（The last American man of letters)」[53]，就是因爲他恢宏博大，在文學上取得多方面的成就。一九五五年美國文藝學院（American Academy of Arts and Letters）頒給威爾遜散文和批評獎，布魯克斯主持授獎的時候說威爾遜是「已不多見的那種自由文人」，「少數可以稱爲作家的批評家之

---

[51] "Jean-Paul Sartre: The Novelist and the Existentialist", *Ibid.*, p. 399.

[52] "Edmund Wilson (1895-1972)" *Comparative Literature Studies,* XV, 1 (March 1978), p. 119.

[53] Harry Levin 的一篇文章題目就叫 "Edmund Wilson: The Last American Man of Letters", 見 *Memories of the Moderns* (New Directions, 1980), pp. 184-197.

一。」[54]威爾遜受過布魯克斯很大的影響，布魯克斯這裡可以說對威爾遜作了最高的評價。現在威爾遜已經去世十五年，這種評價還是站得住腳。我希望威爾遜所代表的文學批評傳統不至於因他的離開而消失。

——一九八七年八月二日

[54] 見 Sherman Paul, *Edmund Wilson: A Study in Literary Vocation in Our Time* (Urbana: University of Illinois Press, 1967), p. 1.

諾貝爾文學獎種種

(一)地緣政治的因素

第一次諾貝爾文學獎一九〇一年頒給法國詩人普律多姆（Prudhomme），立即在國際上受到指責：爲什麼不給托爾斯泰？但托翁直到一九一〇年才去世，終身沒有獲獎。這樣，諾貝爾文學獎剛開始就顯露出它不能盡善盡美，使天下人心悅誠服。翻看一下，八十七年來的獎主名單（一九三五、一九四三兩年沒有發文學獎，一九四〇至一九四二年因二次大戰，停止頒獎），的確令人不免興嘆，不但托爾斯泰，契訶夫一九〇四年也是無「獎」而終。其後普魯斯特、康拉德、喬伊斯、谷崎潤一郎、奧登、博爾赫斯、卡爾維諾、沈從文……都沒有上榜，榜上倒不乏我們完全陌生的名字。

一九二〇年代劉半農曾經要安排推薦魯迅，但魯迅把這個獎看得神聖而不可侵犯，情緒激動起來，一九二七年九月廿五日，寫信給臺靜農說：「請你轉告半農先生，我感謝他的好意，爲我，爲中國。但我很抱歉，我不願意如此。諾貝爾賞金，梁啓超自然不配，我也不配，要拿這錢，還欠努力。……我覺得中國實在還沒有可得諾貝爾賞金的人，瑞典最好是不要理我們，誰也不給。倘因爲黃色臉皮人，格外優待從寬，反足以長中國人的虛榮心，以爲眞可與別國大作家比肩了，結果將很壞。」結果魯迅一九三六年去世，一九三八年讓在中國出生的白色臉皮人賽珍珠得到，該是他始料未及的吧。

事實上，瑞典學院正是非常重視所謂地緣政治（Geopolitical）的因素。以近些年來說，索忍尼辛（Solzhenitsyn，一九七〇）可能是爲了與肖洛霍夫（Sholokhov，一九六五）左右擺平；米洛茲（Milosz，一九八〇）無疑沾了波蘭 Solidarity 工會運動的光。一九八六年曉印卡（Soyinka，一譯索英卡）得獎，鼎鼎大名的南非作家戈廸默(Gordimer)和布林克（Brink）卻落了空，原因據說是非洲第一個獎主必定要是黑色臉皮人才好看。

這些年來最惹起爭議的不是米格玆、曉印卡和捷克詩人賽福特（Seifert，一九八四）等陌生人，而是英法兩位作家。一九五三年邱吉爾得獎後直到一九八三年才又「輪」到英國人，不料瑞典學院院士 Artur Lundkvist 竟打破傳統而公然反對高定（Golding），認爲他「不屬於諸貝爾獎的等級」。按照規定，學院中十八人組成的諾貝爾委員會必須無異議通過才能決定獎主。於是學院常任秘書 Lars Gyllensten 出而對 Lundkvist 的反對表示反對，過了一天，他宣佈對方已放棄成見，接受高定了。

自從一九六四年沙特拒絕受獎以後，大約是存心報復，瑞典學院多年沒有頒獎給法國人（沙特已經是第十一位法國人得獎）。據 Lundkvist 說，評審時如果不是 Gyllensten 作梗，一九八三年的獎是給西蒙（Simon）。一九八五年果然給了他。這除了地緣政治的考慮外，也帶有騾馬交易（horse-trading）的意味了。而羣情嘩然，別處不必說了，連應該舉國同歡的法國竟也有書評家 Angelo Rinaldi 在《快訊》（*l'Express*）周刊上稱之爲法國的羞恥，貶西蒙爲法國文學史上德拉維涅（Delavigne，一七九三—一八四三）之後最枯燥乏味、矯揉做作的作家。

評審當局在文學之外去考慮別的因素自有其苦衷。嚴格說來，要面面俱到是不可能的事。就是地緣政治的標準也有偏差失誤的時候。就亞洲來說，至今只有泰戈爾（一九一三）和川端康成（一九六八）二人得獎，難道谷崎潤一郎、魯迅和沈從文都沒有資格？

沙特認爲諾貝爾文學獎被西方集團把持，頒授對象不是西方作家，就是東方（指社會主義國家）的反對派作家。這話不無道理。例如巴斯特納克（Pasternak，一九五八）和索忍尼辛顯而易見是因爲二人當時屬於蘇聯國內離異分子（dissidents）。但是有些得獎者背景並不這麼簡單明瞭。《大地》(*The Good Earth*)和《龍種》(*Dragon Seed*)寫的是中國人中國事，作者卻「畢竟是一位生長中國的美國女教士的立場」(一九三三年十一月十五日魯迅致姚克信)，對中國並不了解。(儘管福克納稱她為「中國通波克太太」，Mrs. Chinahand Buck。)曉印卡是尼日利亞人，因反政府坐過牢，寫作全用英文；哥倫比亞人加西亞·馬爾克斯得獎時已定居墨西哥城，他是卡斯楚的知交，因而被美國禁止入境；辛格(Singer，一九七八)是猶太人，原籍波蘭，已入美國籍，用的是即將失傳的依地語文(Yiddish)，但英文程度已經很好，可以翻譯自己的作品。卡內提生於保加利亞，長期定居倫敦，用的卻是德文。

(二)得獎以後

許多年中海明威獲獎的呼聲甚囂塵上，他也始終在盼望著，誰知先給了福克納(一九四九，因當年決定太遲，延至次年頒發)，他等了些年，心裏不免嫉恨，發展出一套「酸葡萄理論」(借用他的傳記作者Carlos Baker的詞)：「得了獎以後沒有一個王八蛋寫出過值得看的東西」。一九五四年終於傳來喜訊，他接受了獎，卻拒絕親自去領，理由是他那時「正在寫得好好的，如果要犧牲一本書，那我寧可不要得獎。」他最後一部長篇《老人與海》於一九五二年發表後到他一九六一年自殺，中間根本沒有作品問世，死後至今陸續出版的如 *The Dangerous Summer* 又是談西班牙鬪牛，*A Moveable Feast* 是他一九二〇年代旅居巴黎時期的回憶錄，*Islands in the Stream* 和 *The Garden of Eden* 兩個長篇都沒有脫稿，也都算不上重要著作。他自己可能以爲「正在寫得好好的」，事實上得獎時他的創作已近尾聲，關於得獎後寫不出佳作的氣話，無形中成了讖語。

不少作家得獎時已過古稀之年——西蒙和高定七十二歲，辛格七十四歲，卡內提七十六歲，羅素七十八歲，邱吉爾七十九歲——彷彿活得越久越有希望得獎。其實正應該如此。沙特就主張等一個人的工作已經完成而生命快要結束時甚至於已經結束後再贈授榮譽。像諾貝爾這樣世界第一大獎，一方面難免使有些得主心滿意足，一方面又會使有些得主背上包袱，覺得拘束。卡繆一九五七年得獎時年方四十四歲，是吉普林（四十二歲）以外最年輕的獎主。先前他聽說自己被列入決選名單，頗爲忐忑，怕得獎會意味著他再也寫不出重要著作。據目擊者說，他初獲喜訊時面色變白，很煩惱的樣子。果然被他的論敵抓來當做把柄。右派周刊《藝術》(*Arts*) 公開宣揚瑞典學院此舉顯示他們認爲卡繆的寫作生涯已經結束。兩年後卡繆撞車身亡，其時他剛開始寫一長篇，創作生涯結束與否遂也成爲永遠無法解答的謎。

福克納的情況要比較明顯。霍(Howe)發現 *The Hamlet* 和 *The Town* 的作者前後判若兩人：一個是卓然大家，一個則念念不忘自己領獎演講中的那些格言，形同作繭自縛（見 William Faulkner: *A Critical Study*）。考理也注意到 Temple Drake 在 Sanctuary（一九三一）裏道德觀念非常薄弱，到了Requiem for a Nun（一九五一）卻毅然決然痛改前非，要拯救自己新發現的靈魂了。

得了獎對一位作家來說當然是名利雙收，首先可以領到一筆爲數可觀的獎金（去年是二十萬八千美元），接著作品的銷路會隨之增加。但這方面也因人而異。《蒼蠅王》（*Lord of the Flies*）曾爲二十一個書商拒絕出版，一九五四年印出後，英美兩國只賣了二千三百八十三册（一說這只是美國的銷數，英國銷的還差強人意），直到一九五九年發行紙面本才忽然成了青少年的時髦讀物，而且上了學校的推薦書名單；一九八三年高定的著作在全球已售出二千萬本，得獎只能算是錦上添花而已。另一方面，西蒙得獎時紐約大書店 Scribner's 紙面本負責人說前兩年內他的書只賣了六本或八本，架上還有八本，灰塵已頗積下了一些；他很爲難，不知道要不要再去訂些新書。言下之意，並不相信因諾貝爾獎就可以打開銷路。據我在紐約所見，西蒙、卡內提和米洛玆得獎後，書店裏確是偶爾有他們的作品出現，賽福特的卻從來沒有注意到（我一星期平均至少進二、三次書店）。歐尼爾（O'Neill）一九三六年得獎，但從一九四六年開始有十年之久，他的劇本沒有一個在美國排演過，他死後經過

José Quintero 不斷地大力排演製作，才使他在舞臺上再度紅了起來。

(三)結束語

從上文看來，也就難怪除沙特以外，懷疑諾貝爾文學獎本身的存在價值的還大有人在。一九八二年十月十五日《紐約時報》發表了一篇社論，代即將發表的該年獎主虛擬了「A Nobel Address」，拒絕受獎；列舉了種種理由亦莊亦諧地說明，無論那一學科，這個獎都弊多利少。在文學方面，捨喬伊斯、普魯斯特和奧登而挑些二、三流作家（尤其是北歐人），難逃輕率褊狹之譏。

連瑞典學院也有人看出諾貝爾文學獎漏洞很多。一九八三年，已擔任院士十二年之久的瑞典詩人 Lars Forsell 承認「諾貝爾文學獎荒唐可笑，唯一該認眞考慮的問題是找個什麼法子廢除它。」接著他臉上泛出會心的笑容，急忙補正：「是的，可是獎已經在這裏，而且老實說，評審也是相當好玩的事。」

玩笑只當它是玩笑，「獎已經在這裏」卻是不爭的事實。許多文豪沒有得獎當然令人遺憾，但對他們在文學史上的地位並無損害。寫作屬於世界上最寂寞的行業，給作家的平淡生活中製造一點熱鬧沒有什麼不可以。文學獎是不容易絕對公正的。魯迅把「賞金」看得太神，沙特把調子唱得太高，都大可不必。讓諾貝爾文學獎存在下去吧——讓我用這個結論預賀今年的得獎者。

——一九八八年十月十日

第三輯

第三輯

魯迅與陀思妥耶夫斯基

今年一月廿八日是陀思妥耶夫斯基逝世一百周年，九月廿五日是魯迅誕生一百周年。爲了紀念中俄這兩位偉大作家，這篇文章想一方面探尋一下二人之間的關係，一方面將二人的作品和思想作一點相提並論的嘗試。

魯迅年輕時就特別喜愛俄國文學，留學日本的時候學過俄文，只是中途而廢，還沒有到可以閱讀原文書的程度。但他通過日文譯本看過許多俄國的著作，僅就陀思妥耶夫斯基而言，我們只要從魯迅日記後面每年所附的書帳就可以看出他對陀氏的注重。在他買的書中，除了像日文《俄國現代思潮與文學》、《俄國文學的理想與現實》、《現代俄國文豪傑作集》和英文《俄國偉大短篇小說選》(*Great Russian Short Stories*)等都應該包括或談到陀氏的作品以外，專門與陀氏有關的有日文書《托氏與陀氏》和《賭博者》的日文譯本，以上各書都是一九二〇年代買的，可以證明早在魯迅開始文學生涯之初就很留心陀氏的著作。最值得注意的是到了三十年代，魯迅對陀氏的興趣有增無減。例如一九三四年一月他兩天之內就買了兩本研究陀氏的日文專著：《陀思妥耶夫斯基》和《陀思妥耶夫斯基研究》，五月又買了一本《陀思妥耶夫斯基再觀》，從一九三四年三月一日開始到次年八月六日，魯迅買了日文本《陀思妥耶夫斯基全集》，此書共十九册（十八册加補編一册）；雖然魯迅的記載偶而不夠確切，但看來必然是全部買齊了。蕭紅在〈回憶魯迅先生〉裏提到魯迅上海居所客廳兩個帶玻璃橱的書架上放的一套陀氏全集，無疑就是這套書。他到晚年居然在幾個月內集中購買了這麼大部頭的陀氏全集和三本研究他的專書，想必是要有計畫地積極研究陀氏。（一九三四年五月在〈讀幾本書〉一文中他遺憾中國不急於介紹外國文學，說日本已出了兩種陀氏全集。）

魯迅的文章中曾多次提到陀思妥耶夫斯基，這裏無法一一列舉，只能將重要的介紹一下。一九二四年一月他提到陀氏等人的名字中國人雖已「聽厭了」，但卻還沒有譯出過他們的作品。（〈未有天才之前〉。在〈窮人小引〉中有同樣的話。）一九二五年談到寫作未必要靠靈感時說：「馬克思的《資本論》和陀思妥耶夫斯基的《罪與罰》等，都不是啜末加咖啡，吸埃及烟卷之後所寫的。」（〈並非閒話（三）〉）一九二九年五月三十日給許廣平的信中說在韋素園的病房中看見一張陀氏的畫像，稱他為「用筆墨使讀者受精神上的苦刑的名人」。後來一九三四年在〈記韋素園君〉一文中他也提到這張畫，同時進一步說出他對陀氏的看法：

> 對於這先生，我是尊敬、佩服的，但我又恨他殘酷到了冷靜的文章。他佈置了精神上的苦刑，一個個拉了不幸的人來，拷問給我們看。現在他用沉鬱的眼光，凝視着素園和他的臥榻，好像在告訴我，這也是可以收在作品裏的不幸的人。

這種又敬又「恨」的態度在他專門討論陀氏的兩篇文章中有了更集中的發揮。例如〈「窮人」小引〉（一九二六）中就說陀氏將自己創造的人物置於「萬難忍受的，沒有活路的，不堪設想的境地，使他們什麼事都作不出來。用了精神的苦刑，送他們到那犯罪、癡呆、酗酒、發狂、自殺的路上去。」另一方面，他又認爲陀氏是「人的靈魂的偉大的審問者」，反對「有些軟弱無力的讀者」把他只看作「殘酷的天才」（民粹派理論家米哈伊洛夫斯基形容陀氏的稱號；高爾基則貶他爲「兇惡的天才」。見〈論「卡拉馬佐夫氣質」〉。）魯迅認爲陀氏所處理的乃是「人的全靈魂」。「他又從精神的苦刑，送他們到那反省、矯正、懺悔、蘇生的路上去；甚至於又是自殺的路。」魯迅並引了陀氏《作家手記》夫子自道的話說他是「將人的靈魂的深，顯示於人的」。一九三二年在〈豎琴前記〉中魯迅提到二十年前陀氏等人的作品被介紹到中國，算做是「爲被壓迫者而呼號的作家的。」但認爲「凡這些，離無產者文學還很遠，所以凡所介紹的作品，自然大抵是叫喚、呻吟、困窮、酸辛，至多，也不過是一點掙扎。」這時魯迅早已放棄創作，幾乎以全力寫雜文了，他的觀點也不免染上左傾的色彩，到他死的那年（一九三六）寫〈陀思妥耶夫斯基的事〉的時候，也是從這個角度來提出批評：「忍從的形式是有的，然而陀思妥耶夫斯基式的掘下去，我以爲恐怕也還是虛僞。因爲壓迫者指爲被壓迫者的不德之一的這虛僞，對於同類，是惡，而對於壓迫者，卻是道德的。」不過，他基本上還是肯定這種「擋不住的」、「太偉大」的忍從。這是魯迅買了陀氏全集和研究專書以後的事，他雖然說陀氏「太偉大了，而自己卻沒有很細心的讀過他的作品。」並且「常常想廢書不觀，」但是他顯然對陀氏印象很深刻，且看下面這一段話：

他竟作為罪孽深重的人，同時也是殘酷的拷問官而出現了。他把小說中的男男女女，放在萬難忍受的境遇裏，來試煉他們，不但剝去了表面的潔白，拷問出藏在底下的罪惡，而且還要拷問出藏在那罪惡之下的真正的潔白來，而且還不肯爽利的處死，竭力

> 要放他們活得長久。而這陀思妥耶夫斯基，則彷彿就在和罪人一同苦惱，和拷問官一同高興着似的。」(〈陀思妥耶夫斯基的事〉)

魯迅指出陀思妥耶夫斯基對自己所塑造的人物的矛盾心理，也一再提到自己對陀氏的矛盾心理，這是深深了解陀氏的人的表現。尤其值得注意的是，他那時至少在名義上是左翼作家的首腦，也應該知道列寧和高爾基對陀氏的貶斥，而他卻仍然虛心地研究，誠懇地肯定陀氏，很可以說是陀氏在中國的一個知音了。

× × × ×

魯迅解釋「我怎麼做起小說來」的時候說他寫〈狂人日記〉依靠的完全是「先前看過的百來篇外國作品和一點醫學上的知識，此外的準備，一點也沒有。」又提到他看俄國、波蘭以及巴爾幹諸小國作家的東西特別多，看短篇小說特別多。我們從這裏以及前面幾段話可以推斷他必然看過不少陀思妥耶夫斯基的作品(主要是從日文翻譯本)，有意無意地接受過他的影響。魯迅同陀氏之間的差別當然是很大很明顯的，但是魯迅自己承認受到俄國文學的重大影響，他對陀氏作品有濃厚的興趣和透徹的見解，又是中國現代最深沉細密的作家，他們之間不可避免地會有些相通之處。以下我想以《地下室手記》(一八六四)和《阿Q正傳》

（一九二一）這兩個中篇——一個是魯迅的代表作，一個用紀德的說法是陀氏「所有著作的根本所在」，他的事業的「顚峯」（《陀思妥耶夫斯基》，第四章）——作爲藍本，找出二人之間某些近似的地方來相互印證，目的並不是要作比較文學的研究，只想從紀念的初衷出發，將同一年裏逝世和誕生的這兩位人類靈魂的探索者並攏起來，粗淺地進行一次對照性的分析。

×　×　×　×

首先我們看看沒有姓名的阿Q和沒有姓名的地下室人所處的環境。地下室人住在聖彼得堡市郊一間陰暗齷齪的斗室裏，阿Q無處可住，寄宿在土地廟的「破屋」裏。——讀者一上來就可以看出兩個人都住在社會的邊緣上，都和卡繆筆下的異鄉人一樣是不屬於自己所處社會一份子的人。中國的土地廟通常都在村邊或村外不受重視的地方，狹小簡陋，給人的印象是陰暗齷齪。我們不妨說，如果十九世紀俄國城裏的地下室人搬到二十世紀初中國的鄉下，就很可能會和阿Q一樣借宿在土地廟裏。事實上，阿Q的處境頗有「地下室」氣，總令人覺得不是在光天化日之下，總顯得暗淡狹隘，甚至像魯迅的許多小說一樣，帶着夢魘的況味。阿Q就是在幻想中當了革命黨神氣活現的時候，也仍然住在土谷祠裏，沒有喬遷到濶氣的公館（第七章）。土谷祠不但是阿Q的寄身所在，也是他的心理歸宿，我們大可像稱呼地下室人一樣叫他爲土谷祠人。

地下室人說：「通常，我總是隻身一人。」阿Q也是這樣。這兩個「孤獨者」（魯迅和陀氏都寫了許多「孤獨者」的形象），一個是獨來獨往地謀食、喝酒、打架（被打），一個則毋寧說是獨坐獨躺，大部份時間在看書。而地下室和土地廟外面的世界卻顯得強大而富有敵意。這兩個人同他們的社會之間處於對立關係，而對立的結果總不免是二人一敗塗地，只好懷着無可奈何的悲憤退回自己的斗室中去怨天尤人。年月一久（地下室人四十歲，阿Q三十來歲），二人都生出病態的敏感心理，地下室人厭恨自己的長相（「我的表情有些卑鄙的神氣」），因此老怕別人不尊重他（而別人當然正是如此），千方百計地設法「作高貴狀」；阿Q的癩痢頭成了他的大忌，由「癩」字起，推而所有同音字，甚至不同音而可以引起聯想的「光」「亮」「燈」和「燭」等字都諱說了。在這一點上，魯迅在描寫一個人的變態心理以外，還想揭露中國傳統上的自我欺騙心理。中國歷史上不乏類似阿Q這樣的事例。宋朝有一位名田登的知州諱「燈」爲「火」，元宵節不許說「放燈」要改說「放火」；朱元璋作了皇帝以後對於他當年削髮爲僧的事大爲忌諱，杭州一位府學教授撰的賀表有「光天之下，天生聖人，爲世作則」的話，他看了大怒，說：「『生』者，僧也，以我嘗爲僧也，『光』則薙髮也，『則』字音近賊也。」一道命令把人給斬了。有一份表內提到「體乾法坤，藻飾太平」，他說「法坤」是影射「髮髡」，也將作者處死。（見《閑中今古錄》）。在魯迅看來，千百年來形成的這種忌諱心理演變到最後，就成了「瞞和騙」和阿Q式自欺欺人的國民性。能作知州和皇帝的人畢竟佔極少數，絕大多數人犯起忌諱來不但無法下令將犯者處死，而且無法下令對方不犯，就只好走阿Q路線了。魯迅一九二五年七月（《阿Q正傳》於一九二二年二月寫完）在一篇文章中說：

> 中國人的不敢正視各方面，用瞞和騙，造出奇妙的逃路來，而自以為正路。在這路上，就證明着國民性的怯弱、懶惰、而又巧滑，一天一天的滿足着，卽一天一天的墮落着，但却又覺得日見其光榮。（〈論睜了眼看〉）

對於自己的缺陷的病態的敏感和忌諱，加上對別人犯諱的無力制止，至終就難免要採取瞞和騙的作風。魯迅這段話等於爲阿Q的「精神勝利法」作了注釋。

過份的敏感也是地下室人的一個顯著特點。他自己也非常遺憾，一再強調「感覺太靈敏是一種疾病——一種眞正的不折不扣的疾病」，認爲「只要擁有那些所謂起而行的直截了當的人所賴以維生的感覺就足夠了。」他和阿Q都是「感覺過於靈敏」的人，因而也都不是

「起而行的直截了當的人」。地下室人在他的「鼠穴」裏日夜想着心底下不平的事。他反來覆去地要辯析自己是不是一個惡毒的人，結論是「我不但無法變得惡毒，我連什麼東西也無法變成：既不能惡毒，也不能仁慈，既變不了壞蛋也變不了好人，既不能成爲英雄，也不能成爲蟲豸。」阿Q因「戀愛的悲劇」而陷入絕境的時候，在他的破屋裏左右盤算，最後只好外出求食，但在路上走着走着，竟連「他所求的是什麼東西，他自己不知道」了。阿Q雖然爲了生活，需要來來往往地走動，但我們總覺得他很少主動作什麼事：在他同別人的關係上，他大半是接受的一方。對趙太爺而言，他是訓斥的對象；對閑人而言，他是嘲弄乃至抓辮子撞頭的對象；他是「不准革命」的對象，也是被革命成功後的政府遊街處決的對象。綜其一生，總是事情發生在他身上，他總是處於被動地位；他就是要表示強烈意見的時候，習慣上也不外是心裏暗罵、口頭諷刺、或怒目而視。他採取的少數幾次行動（其實往往只是說話）的結果是受到特別大的折辱。因抓的虱子不如王鬍多而罵了句「毛蟲」，被這個他「非常渺視」的人打敗，撞頭；接着又因爲在他「最厭惡的」「假洋鬼子」左近說了句「禿兒」而被以手杖痛打了一通。向吳媽下跪求愛的結果是被拒、被打、被罵、被罰、被笑、被躲。他只有一次算是因爲小D「又瘦又乏」才同他打成平手，但卻又像演「龍虎鬬」一樣被人看了熱鬧，成了觀衆的娛樂對象。地下室人因爲一個軍官「視我如蒼蠅」而處心積慮地想要報復，他寫了一封信要同那軍官決鬥，但後來「謝天謝地，我沒有把這封信寄給他。」他常常在一條大街上遇到這位軍官，後者碰到達官貴人一定讓路，但遇到地下室人這種小人物可就視而不見，恨不得踐踏而過，而地下室人心裏無論如何憤懣不平，每次卻都乖乖讓開。他下了多少次決心，作了各種準備，最後在心念俱灰，決定放棄之後卻不期然地完成計畫：「我連一寸也沒讓，完全以平等地位同他擦身而過。」但是因爲軍官身長六呎多，瘦小的地下室人儘管奪回了「平等地位」，卻還是「吃了虧」。

阿Q平生只有一次大獲全勝，那就是調戲小尼姑一節。但是同樣也扮演了魯迅經常說到的「示衆」角色。「看客」的大笑使他覺得「自己的勛業得到了賞識，便愈加興高采烈起來。」「看客」再大笑，阿Q就「更得意，而且爲滿足那些賞鑒家起見，再用力的一擰」小尼姑的臉才放心。在魯迅看來，代表中國人的阿Q，就是在最「得意」、最「飄飄然」的時候，也只不過是在別人的揶揄下充當娛樂工具而已。

阿Q侮弄小尼姑一節使人想起地下室人侮弄妓女莉莎的情景。兩件事都是在二人受到特別重大的屈辱以後爲了洩憤，爲了將自己身受的折磨轉而加在比自己更弱者的身上而作出來的。阿Q先是被王鬍拉住辮子往牆上碰了多次響頭，接着又被假洋鬼子用手杖痛打一頓，兩次異乎尋常的挫敗之後碰上了小尼姑。這和地下室人的經驗很相像。地下室人的三個校友爲另一校友開惜別晚宴，他根本瞧不起這四個人，被歡送者又是個無聊而自私的勢利鬼，而且人家也嫌棄他，但是正因爲這樣，他偏是堅持自動參加。結果場面非常尷尬，從頭到尾，那四個人百般冷落他，他也用阿Q式的「精神勝利法」全力抵制，最後從八點到十一點，乾脆在四人旁邊的桌子和火爐之間走來走去，一言不發。那四個人酒足飯飽，去了妓院，他也追踪而至。一番話把善良的莉莎感動了，她愛上了他，過了些日子離開妓院，決定跟他過活。但從他對她的冷酷態度和淫慾行爲中她終於覺察到他不但不愛她，而且根本蔑視她，把她當作出氣筒。她臨走前他竟塞了一些錢給她，在傷害之外又加以侮辱人他告訴她去妓院那天晚上的前後經過，然後說：「是的，那天晚上我是在嘲弄妳！那晚比我先去的那些傢伙在吃晚飯時侮辱了我，我到妳們那裏去是想把那夥人中的一個軍官痛揍一頓，但沒有成功，因爲沒有找到他；我一定得找個人侮辱一下來恢復我自己的尊嚴；那時遇到了妳，就拿妳出氣，嘲弄了妳。因爲我被他們羞辱，所以我也想找個人羞辱；他們拿我當塊抹布一樣，所以我也想顯顯我的力量。」地下室人的這段話同時也分析了阿Q的心理。兩個受傷害、被壓抑的孤獨的靈魂急於要找回一點點尊嚴，而唯一可以滿足這個願望的是在社會上地位連他們都不如的妓女或尼姑。是的，中國以前的尼姑的社會地位並不高於妓女。周作人說：「特別對於尼姑，最普通的是一種忌諱，路上遇見尼姑，都要吐吐唾沫，有的兩個男的同走，便分開兩旁，把她掰過，可以脫掉晦氣。這樣習慣在讀書人還不能免，閑人們的起鬨，自然更是難怪了。」(〈魯迅小說裏的人物〉)阿Q那時候中國人想到尼姑，就往往聯想到不乾不淨的性關係上去。阿Q之敢於動手動腳地調戲小尼姑，而且說「快回去，和尙等着你」，正是寫的實際情況。那時的尼姑被看作同妓女差不多，是人人可以凌辱的對象。

阿Q明明知道假洋鬼子不好惹，卻偏要向他挑釁，結果是自己找打；地下室人明明知道那四個校友難對付，卻偏去跟他們厮混，結果是自取其辱。但是在這種不合理性的行爲之後，二人竟於碰到弱小者(尼姑、妓女)的時候，拿出了極合常識的欺軟態度。事實上，這兩個人的種種作風背後有着他們自己的一套邏輯。

地下室人說：「歸根結柢，二加二等於四是實在令人無法忍受的東西，二加二等於四，在我看來這簡直像是大庭廣衆之前侮辱人嘛。二加二等於四看起來像是個紈袴子弟，兩手叉腰擋在你的前面，口吐唾沫。」他認爲眞要公平的話，那麼二加二等於五也滿好的。批評家莫丘爾斯基(Mochulsky)分析這點說：「二加二等於四這個公式所顯示的是必然和死亡的勝利。如果相信將來理性至終會取勝，那就等於已經先把人類埋葬。」(《陀思妥耶夫斯基評傳》，第十二章)這是對的。如果我們絕對相信理性、科學和進步，那就是相信人最後應該變成地下室人所說的「鋼琴鍵」；這不但是森冷可怕的下場，而且也是到目前爲止人類史上證明做不到的事。（地下室人：「關於世界史，我們什麼都可以說……就是不能說它是合乎理性的」），地下室人說如果他面前橫着一道牆——自然規律和數學公式的象徵——他雖然不會明知撞不倒而硬要用頭去撞它，但卻也不會僅僅因爲他沒有力量撞倒這面牆而就同它和好，接受它的必然性。

阿Q的精神勝利法也可以說是一種粗淺形式的辯證法。他和地下室人一樣，碰到類似二加二等於四和石牆的絕對必然性擋在面前時，雖然滿懷不平，卻繞道而過，另外尋求出路，而且常常是反理性的出路。有人笑他頭上發「亮」而他無法制止或報復失敗的時候，阿Q就認爲別人「還不配」長癩瘡疤，認爲「我總算被兒子打了，現在的世界眞不像樣」，甚至在自認是畜生不如的蟲豸而還被人撞五六次頭以後「也心滿意足地得勝的走了，他覺得他是第一個能夠自輕自賤的了，除了『自輕自賤』不算外，餘下的就是『第一個』。狀元不也是『第一個』麼？『你算是什麼東西』呢?!」魯迅在這裏寫出阿Q在必然（被打敗、被撞牆）之前所設想出來的逃路。雖然用的是近乎嘲謔的手法，但阿Q如果要生存下去，這種看來異乎常理的類似二加二等於五的「邏輯」，卻可能是他唯一的途徑。（參看魯迅在一九三五年〈五論文人相輕〉裏模仿中國人口吻的這段話：「我是畜生，但是我叫你爹爹，你既是畜生的爹爹，可見你也是畜生了。」）阿Q本來認爲「革命黨」便是造反，造反便是與他爲難，所以一向對之深惡痛絕，但一看未莊的人連舉人老爺都怕革命黨，於是就神往了，在土地廟裏大做其革命發跡的夢。（第七章）誰知後來人家不准他革命，這就使他又變了想法了。「不准我造反，只准你造反？媽媽的假洋鬼子，好！你造反！造反是殺頭的罪名呵，我總要告一狀，看你抓進縣裏去殺頭，——滿門抄斬，——擦！擦！」（第八章）魯迅常說中國人像大石底下的草，要彎彎曲曲地生長。這種彎彎曲曲討生活的經驗結果，就不免發展出這種扭曲的辯證法來；沒有這種辯證法，就像大石底下的草一樣，不彎曲是難以生存的。魯迅一九二五年說，總彷彿覺得中國「人人之間各有一道高牆，將各個分離，使大家的心無從相印。」（〈俄譯本阿Q正傳序〉）又說「中國各處是壁，然而無形，像『鬼打牆』一般，使你隨時能『碰』。」（〈「碰壁」之後〉）牆壁是隔絕人與人間自由交往，限制人的自由意志的牢不可破的象徵。對於阿Q這樣的人來說，牆壁當前，不可避免地被碰頭之後的唯一出路是在精神上設法繞過它，這雖然是魯迅一再表示痛惜的「瞞」和「騙」，但人性裏的確有這種傾向，這甚至也可能是人類能夠繼續生存的一個原因吧。（地下室人對於牆和二加二等於四的反應也正是一種生存之道。）也是一九二五年寫的散文詩〈立論〉寫一家人生了一個男孩，賀客中有人說他將來會發財，有人說會做官，都得到感謝和恭維，有一個卻說他將來會死的，結果遭到痛打。如果要在眞理和痛打之間找一條出路，那就是嘻嘻哈哈地什麼意見也不表示。魯迅的用意固然是針砭中國傳統的「持中」之道，但是千百年來古今中外的阿Q們在碰壁之後累積的經驗，發展出這種邏輯恐怕也在所難免。地下室人要強調指出人類反理性的一面，道理正是如此。

地下室人和阿Q習慣於受歧視受折磨，漸漸地幾乎要不以人類自居了。這兩個人經過種種折辱，長期生存在社會邊緣的結果，簡直等於喪失了人性（dehumanized），他們潛意識裏很可能知道自己時時有被排擠出人類圈外的可能。地下室人鄭重宣佈說他「曾經多次想要變成一個蟲豸。但是我甚至連這一點也做不到。」事實上，地下室人在他的手記結束時說人類已經「厭倦於作人——眞正有血有肉的個人。我們已經羞於作人，認爲作爲一個人是可恥的。」（在《罪與罰》中，拉斯柯里尼科夫一方面認爲他殺死的老婦不過是隻蟲豸，一方面卻告訴桑妮婭「我必須知道——而且越快越好——我是不是和別人一樣是隻害蟲。」他說別人都是「發抖的虱子」，同時老覺得自己也同樣是一隻虱子。）地下室人指出，與「正常人」相反的人（例如他自己）認爲自己是一隻老鼠，而不是人。這隻老鼠被直截了當的起而行的人評判和嘲笑以後，唯一的法子是故作輕蔑地爬回自己的「鼠穴」，在那裏咬嚙它的創傷。《地下室手記》從頭到尾用了許多不同的動物字眼來形容人（包括地下室人自己）：（昆）蟲、老鼠、蒼蠅、蝙蝠、螞蟻、（蠕）蟲、虱子、鷄，眞好像除了動物（尤其是蟲豸）以外，沒有更好的形象來比擬人類了。

地下室人是一個存在主義人物，這種人物到了卡夫卡的筆下，就在一天早上睡醒的時候突然發覺自己眞的變成一條大蟲了。（《變形記》*The Metamorphosis*）。魯迅當然沒有意思寫一篇存在主義小說，但阿Q身上卻帶有一些存在主義色彩。他的精神勝利法同地下室人的二加二等於四和對石牆的態度都是想採取反理性的立場，爲自己所處的「必然」境地謀求理論上的出路。

阿Q時常意識到自己陷於非人的境地。村裏的人都愛嘲笑阿Q頭上的癩瘡疤。阿Q被嘲笑碰壁以後安慰自己說「我總算被兒子打了」。等到下次打敗，人家就先一著對他說：「阿Q，這不是兒子打老子，是人打畜生。自己說：人打畜生！」「阿Q兩隻手都捏住了自己的辮根，歪著頭，說道：『打蟲豸好不好？我是蟲豸——還不放嗎？』」

閑人只要求他承認自己是畜生，但是處於絕境的阿Q自願更退一步，承認自己是連畜生都不如的蟲豸。至少在這個當口阿Q已經和地下室人一樣，自願從人類中退出，降到蟲豸的地位了。有趣的是，地下室人回憶年輕時曾對莉莎說他不過是一個懶漢，現在卻遺憾自己什麼也變不成，不勝嚮往地說就是能變成一個懶漢也好。「至少這是個名號，是生命的一個目標，是一種事業。」而阿Q這個不折不扣的懶漢，雖有地下室人所謂的名號、目標和事業，卻不免以遊街槍斃終其一生，這種「荒謬」的下場恐怕連地下室人也不會預想到吧。《手記》結束時，主人公還安然無恙地活著，阿Q的「大團圓」要比地下室人更有存在主義的意味。

魯迅也常常將人比作動物。他以進化論爲出發點，帶著悲天憫人而又憤世嫉俗的複雜心理用這種比喻來譴責和警告人類。他在一九二五年寫了一段類似《卡拉馬佐夫兄弟》中宗教法庭庭長的口氣的話：「假如有一種暴力，『將人不當人』，不但不當人，還不及牛馬，不算什麼東西，待到人們羨慕牛馬，發生『亂離人，不及太平犬』的嘆息的時候，然後給予他略等於牛馬的價格，……則人們便要心悅誠服，恭頌太平的盛世。爲什麼呢？因爲他雖不是人，究竟已等於牛馬了。」（〈燈下漫筆〉）。一九三五年談到他最初寫小說的借鑑時又說：「一八八三年頃，尼采也早借了蘇魯支的嘴，說過『你們已經走了蟲豸到人的路，在你們裏面，還有許多份是蟲豸。你們做個猴子，到了現在，人還尤其猴子，無論比那一個猴子』的。」（《中國新文學大系・小說二集序》）他在好幾篇文章中用過蒼蠅、螞蟻和蚊子來影射他當時深惡痛絕的一批知識份子。在〈夏三蟲〉中甚至說他們連蒼蠅都不如。〈戰士和蒼蠅〉的結尾說：「去罷，蒼蠅們！雖然生著翅子，還能營營，總不會超過戰士的，你們這些蟲豸們！」〈死後〉中的螞蟻和蒼蠅也是「實在使我厭煩得不堪，——不堪之至！」罵說「你們是做什麼的？蟲豸！」上面這三篇文字是一九二五年三月到七月間寫的，到一九二六年三月，發生了段祺瑞政府槍殺示威學生（有的魯迅教過）的慘事，魯迅悲憤地說：「如此殘虐險惡的行爲，不但在禽獸中所曾未見，便是在人類中也極少有的。」（〈無花的薔薇之二〉）又說：「這次屠殺，撕去了許多東西的人相，露出那出於意料之外的陰毒的心。」（〈空談〉）這種對人性極其悲觀，認爲人連禽獸都不如的態度在魯迅早期著作中不時流露出來。到一九二〇年代爲止，魯迅對中國社會是非常悲觀的，儘管他相信進化論，提倡尼采似的超人哲學，但骨子裏卻有許多衝突矛盾。他好幾年中輯校古書，鈔錄古碑，甚至研究佛經，都是這種心情的反映。他自己說那時候的寂寞之感「一天一天的長大起來，如大毒蛇，纏住了我的心。」（〈吶喊自序〉）一九一八年錢玄同勸他寫稿的時候，他回答說：

假如一間鐵屋子，是絕無窗戶而萬難破毀的，裏面有許多熟睡的人們，不久都要悶死了，然而是從昏睡入死滅，並不感到就死的悲哀，現在你大嚷起來，驚起了較為清醒的幾個人，使這不幸的少數者來受無可挽救的臨終的苦楚，你倒以為對得起他們嗎？（同上）

這段很有名的話令人想起宗教法庭庭長對耶穌作的同樣有名的指控：「你不但沒有取消人的自由，反而使這種自由更大起來！難道你忘了人寧願和平乃至死亡而不願享有善惡之間的選擇自由嗎？對於人來說，沒有比良心自由更富有吸引力的了，但也沒有比這種自由更令人遭受痛苦的了。」他說人類最怕的是自由選擇，他們寧願喪失自由，像羊一樣在指引控制下生活。宗教法庭庭長認爲他必須採取撒謊和欺騙的手段，「有意地把人帶上死亡和毀滅之路，同時卻一直瞞著他們，使他們不致注意到要被帶到那裏去，使這些盲目的可憐蟲至少一路上以爲自己很幸福快樂。」魯迅同宗教法庭庭長抱著同樣的這種對人性的悲觀態度，也就難怪被錢玄同說服後開始寫作的第一篇文字是以人吃人爲主題的《狂人日記》了。地下室人說人類的全部工作不外是要證明自己是人而不是鋼琴鍵，「就是因此而丟掉老命或者吃人也在所不惜！」寧願通過吃人來證明自己是人，這是陀氏認爲人不是也不可能眞正變成理性動物的一種說詞。事實上，他也通過地下室人說人類喜歡流血，人越來越嗜血，而且越是最有教養的紳士越善於以最巧妙的法子殺人。

地下室人爲人類所下的定義是：「兩條腿走路的忘恩負義的東西。」認爲「在萬物當中再也找不到像他這樣忘恩負義的東西。」（伊凡·卡拉馬佐夫稱人類爲「極端野蠻邪惡的動物」。）這種對人類痛心疾首的態度到了奧威爾（Orwell）又得到進一步的發揮，他在《動物農場》（*Animal Farm*）中將情景反轉過來：動物們基於正義起來革命，把人趕走，但慢慢地做爲新統治階級的豬和狗越變越壞，越變越像人類，至終是竟開始用兩腳走路，完全學起人樣來了。陀思妥耶夫斯基筆下的人痛惜自己不能退化成爲動物，而奧威爾筆下四條腿走路的動物忘恩負義的下場，卻墮落成爲人類，這一扭曲，可謂極盡諷刺之能事了。

魯迅本來是學醫的，後來發覺醫中國人的身體不如治心病重要，所以本著「上醫醫國」的理想，改行從事文學。他很快就「悟中國人尚是食人民族」（一九一八年八月二十日致許壽裳信），然後在一九三六年死前幾個月寫的〈一個童話〉裏推而廣之，通過一個青年的口說「世界是一臺吃人的筵席」（〈寫於深夜裏〉）。他對人類的這種悲觀從一九一八年發表〈狂人日記〉到一九三六年去世爲止，連晚年也並沒有完全改變。（阿Q之終於要被殺死，就因爲他所處的是一個吃人的社會。）北洋軍閥槍殺遊行學生，廣州國民黨對共產黨的鎭壓和上海左翼五位作家被處死等都是使他極爲震撼的事（每次都有他認識的青年被殺）；從純粹個人的經驗來說，他與章世釗、「正人君子」、創造社、乃至所謂「四條漢子」等人的論爭結果都使他悲憤交加（許壽裳認爲他是因寂寞而死；許廣平記得他最後在病重將死時還夢見有人攻擊）。而特別使他痛心的是他本來寄予厚望的青年的邪惡卑鄙的表現，魯迅在晚年固然大半在寫論戰性的雜文，但是他早期卻念念不忘於夏濟安所謂的「黑暗的力量」。特別是在《野草》這本散文詩集裏，魯迅不時透露出對人性的幻滅。本來他同陀氏一樣，認爲小孩總基本是善良可愛的，他在〈狂人日記〉和〈我們現在怎樣做父親〉（一九一九）等文字中一再呼籲要「救救孩子」。陀氏在〈一個可笑的人的夢〉（《作家手記》一八七七年四月）開頭時說主人公一直想要自殺，有一晚下了最後決心，但在路上遇到一個七八歲的女孩哭著哀求他救救她垂死的母親，這人不耐煩地拒絕了她，但過後卻因受了感動，決定不自殺了。在一九二四年寫的〈求乞者〉中，魯迅對於求乞的孩子的僞詐卻和對成人一樣表示憎惡，而且不像那個「可笑的人」那樣事後動了同情之心，反而冷靜地分析說：「我不布施，我無布施心，我但居布施者之上，給予煩膩、疑心、憎惡。」無布施心是因爲對人失去了信心，知道受布施者不懂得什麼是感激。在〈頹敗錢的顫動〉中，一個女人爲了養活自己的幼女而賣淫，但等女兒長大以後不但不感激，反而同丈夫一起對她怨恨鄙夷地數落她害了他們。（她這樣受著責備的時候，她最小的孫子用蘆葉做刀，向空中一揮，大叫「殺！」）老婦無地自容，只好出走。這裏其實是魯迅在通過形象化的筆法寫出自己的切身感受。（另外在短篇小說〈藥〉中，一個革命者被處死後，無知的村民竟以饅頭蘸他的血當藥服食。）寫這篇散文詩後一年多，魯迅有一次給許廣平的信中有下面這段極其沉痛的申訴：

我先前何嘗不出於自願，在生活的路上，將血一滴一滴地滴過去，以飼別人，雖自覺漸漸瘦弱，也以為快活。而現在呢，人們笑我瘦弱了，連飲過我的血的人，也來嘲笑我的瘦弱了。……於是也乘我困苦的時候，竭力給我一下悶棍，……這實在使我憤怒，怨恨了，有時簡直想報復。我並沒有略存求得稱譽，報答之心，不過以為喝過血的人們，看見沒有血喝了就該走，不要記著我是血的債主，臨走時還要打殺我，並且為消滅債卷計，放火燒掉我的一間可憐的灰棚。我其實並不以債主自居，也沒有債卷，他們的這種辦法，是太過的。我近來的漸漸傾向個人主義，就是如此。（《兩地書》，一九二六年十二月十六日）

上面引的魯迅幾篇文字，等於爲地下室人所下的人的定義提供了闡釋和事實根據。但是《野草》中另外一篇〈復仇(二)〉讀來尤其像是在同地下室人互相呼應，而且可以說是一篇陀思妥耶夫斯基式的文章。魯迅以耶穌受難做爲主題，根據《新約》中的記載，著意渲染了耶穌死前人們加給他的侮辱和凌虐。「四面都是敵意，可悲憫的，可咒詛的。」「他們自己釘殺著他們的神之子了，可咒詛的人們呵。」耶穌被釘上十字架上以後「路人都辱罵他，祭司長和文士也都戲弄他，和他同釘的兩個強盜也譏誚他。」文章結尾說：「釘殺『人之子』的人們的身上，比釘殺『神之子』的尤其血汚、血腥。」人的忘恩負義的一面，在這篇散文詩裏暴露無遺，路人不但不知道感激爲他們而死的耶穌，而且竟也帶著敵意辱罵他，這是魯迅所喜歡描寫的「看客」的一種比較突出的形象。魯迅在日本留學時有一次看到一張關於日俄戰爭的新聞片中有中國人圍觀一個同胞被日軍處決的鏡頭，感到哀莫大於心死，棄醫爲文，從此時常提到這種情景。一九二七年年底在一次演講中說：「人類是喜歡看戲的，……或者綁出去砍頭，或是在最近牆角下鎗斃，都可以熱鬧一下。」（〈文藝與政治的歧途〉）魯迅指出人喜歡旁觀同類被凌虐殺戮，這是一個十分富有意義的題材，也是魯迅相信人無感激之心的另一個佐證。

地下室人和阿Q都是一方面自輕自賤地自比蟲豸，一方面卻又狂妄自大地目空一切。地下室人瞧不起他辦公室裏所有的同事，同時卻又怕他們，認爲人家比自己優越。有時甚至「一會兒藐視他們，一會兒又覺得他們比自己高明。」他的「手記」通篇都可以看出他在自大與自卑之間輾轉。他覺得世人把他看成一隻齷齪討厭的蒼蠅，但馬上卻加注腳說他「當然比他們所有人都要聰明、都要進化、都要有優美的情操。」地下室人認爲自己很有自尊，同時又「像一個駝背者或一個侏儒」一樣——也可以說像癩痢頭阿Q一樣——多疑和小心眼。阿Q自認是「第一個能夠自輕自賤的人」，同時「又很自尊，所有未莊的居民，全不在他眼睛裏。」他的「正傳」也充滿了既自大又自卑的事例。魯迅一九三〇年初寫的一段話裏曾指出過「驕和諂相糾結的，是沒落的古國人民的精神特色。」（《現代電影與有產階級・譯者附記》）這種心理表現於外表就成了雙重性格。雙重性格的人在陀氏作品中經常出現，該是他塑造的人物中最重要的一種。

魯迅一生內心裏始終有著衝突矛盾，尤其在三十年代以前的文字中時常分析自己內心深處的痛苦。一九二五年五月三十日給許廣平的信裏說：「我忽而愛人，忽而憎人；做事的時候，有時確爲別人，有時卻爲自己玩玩，有時竟希望生命從速消磨，所以故意拚命地做。」他不止一次提到他的思想「太黑暗」，說「自己總覺得我的靈魂裏有毒氣和鬼氣」（一九二三年九月廿四日致李秉中信）。這種衝突矛盾心理尤其在《野草》中特別容易看出。書前〈題辭〉就開宗明義地說「我以這一叢野草，在明與暗，生與死，過去與未來之際，獻於友與仇，人與獸，愛者與不愛者之前作證。」〈墓碣文〉中有一個游魂化蛇而「自嚙其身」，正是魯迅那時心情的寫照。〈影的告別〉中「我」的另一個自我——影子——向他申訴，說不願徬徨於明暗之間，寧願在黑暗裏沉沒。這篇散文中有四句話連用了四次「然而」，令人讀來深切感到輾轉反復的痛苦。

雙重性格發展到極端，就會出現近乎自虐狂的現象。變成蛇來咬嚙自己就是一例。在這方面，最接近地下室人的還是阿Q。地下室人被校友們侮辱以後要追到妓院去報復。他想到他們一定會打他：「讓他們打好了。讓他們打……沒有關係，沒有關係！我去就是為了這個嘛！」有一次他說假定有人打他耳光的話，他很可能會引為樂事——「一種奇特的快感」。阿Q在被罵、被打或被碰頭以後，常常「似乎完結了一件事，反而覺得輕鬆些」，而且至終還有些高興了。有一天賭錢贏了以後被人家串通起閧偷走，這次沒有挨打，卻連精神勝利法也失去效用：

說是算被兒子拿去了罷，總還是忽忽不樂；說自己是蟲豸罷，也還是忽忽不樂：他這回才有些感到失敗的痛苦了。

但是他立刻轉敗為勝了。他擧起右手，用力的在自己臉上連打了兩個嘴巴，熱剌剌的有些痛；打完之後，便心平氣和起來，似乎打是自己，被打的是別一個自己，不久也就彷彿是自己打了別人一般了——雖然還有些熱剌剌，——心滿意足的得勝的躺下了。

魯迅這段話寫出了一個陀思妥耶夫斯基式的人物，寫出了二十世紀初中國一個地下室人的形象。地下室人說「一本小說應該有一個主人公（Hero），而這裏白紙黑字滙集下來的卻是一個反面主人公（Anti-hero）的所有品質。」阿Q無疑是中國文學史上第一個反面主人公。他使人想起地下室人的另一句話：「人的構造很滑稽可笑，顯然像是一個什麼笑話。」但是正如魯迅所說的：「中國現在的事，卽使如實描寫，在別國的人們，或將來的中國的人們看來，也都會覺得grotesk」（〈阿Q正傳的成因〉）。有人問他爲什麼到土地廟去捉阿Q還需要裝上機關槍這樣的重武器，他回答說：「普通認爲 romantic 的，在中國是平常事，機關槍不裝在土谷祠外，還裝到那裏去呢？」（〈答FD君〉）阿Q所處的社會是荒謬的，阿Q的事也是「荒謬」的，阿Q是一個荒謬的人物。夏濟安甚至說：「我很容易地就可以證明魯迅天才中的病態方面，使他看來比較像卡夫卡的同時代人，而不那麼像雨果。」（《黑暗的閘門》）（按：魯迅和陀思妥耶夫斯基年輕時都熱愛過雨果的作品。）這句話的確很有見地。事實上，魯迅是現代中國文學史上最西化的作家，反對儒家是他思想中的一個重要部份。他在那篇有名的〈青年必讀書〉（一九二五）中說「我以爲要少——或者竟不——看中國書，多看外國書。」他認爲尤其孔孟等的著作對中國有害無益。這裏我們不免要想起托爾斯泰曾告訴高爾基說陀思妥耶夫斯基應該研讀孔子或佛家的經典：「這樣會使他寧靜下來，因爲所有那些白癡、少年、拉斯柯里尼科夫等等都不是眞實人物；實際情況要單純得多，好懂得多。」這無形中使陀氏與魯迅顯得很接近了。魯迅也正是不能「寧靜下來」，他也不把事情看得太單純易懂。他在北京時枕頭下經常放著一把匕首，被許廣平等懷疑有自殺意圖。一九二四年九月廿四日他給李秉中的信中說他「常想到自殺，也常想殺人。」一九一九年寫了一篇雜文〈生命的路〉，說生命的路總是進步的，什麼也阻遏不了「人類的渴望完全的潛力」。接著就是下面這段話：

> 昨天，我對我的朋友乙說：「一個人死了，在死者自身和他的眷屬是悲慘的事，但在一村一鎮的看起來不算什麼；就是一省一國一種……」
>
> 「乙很不高興，說：『這是natur（自然）的話，不是人們的話，你應該小心些。』」
>
> 「我想，他的話也不錯。」

這段對話簡直像是《罪與罰》、《羣魔》或《卡拉馬佐夫兄弟》中幾個人物的口吻。再推廣引伸讀起來就可能類似伊凡・卡拉馬佐夫同阿里奧沙的對話：伊凡問他弟弟，假定要創造一個地上天堂，使人人都能安安穩穩地過完美的日子，而要做到這點，就必須先將一個人

（例如一個嬰兒）酷刑致死，那麼他願不願意擔任建立這個天堂的工作。阿里奧沙回答說他不會願意。陀氏的其他人物如拉斯柯里尼科夫、斯維德利蓋洛夫（《罪與罰》）、希加洛夫（《羣魔》）都有這種用數字來將人類一分爲二的邏輯。上面引的魯迅那段話當然遠沒有他們那樣森冷可怕，但正如他的友人（其實可能是他虛擬來自問自答的吧）所說，這是「自然的話」，再加發展，就成了陀氏人物的超人邏輯了。魯迅的悲劇是他處於當時中國的環境，以「上醫醫國」爲自己的使命，因而晚年漸漸以全部精力寫論戰型的雜文，未能將他複雜的「黑暗」面用小說的形式深入地探究和發揮，但我們要研究他，這一面卻是不容忽視的。

一九八一年九月二十五日

《尤力息斯》和中國

(一)引　言

當前西方有六種專門研究喬伊斯（James Joyce）的期刊，每年有二百多篇相關的學術論文和二、三十本論著問世，其盛況蓋已可以比美莎士比亞的研究。

喬伊斯代表作《尤力息斯》（*Ulysses*）於一九二二年出版後不久曾寄書到中國、日本和印度❶。一九三二年二月喬伊斯得到消息說日本人已經擅自譯成印行，他托友人寫信要求英國駐東京領事館代找律師控告對方，但發覺歐洲書在日本只有十年版權，剛好過了有效期限。日本方面送了他一點稿酬，他嫌少，憤憤然給退了回去。一九八六年楊熾昌在一篇論文裏提到他「一九三三年看到日本作家伊藤整、永松定二氏的譯本（第一書房），名原廣三

❶見 Sylvia Beach, *Shakespeare and Company* (N. Y.: Harcourt, Brace, 1959) p. 98.

郎、龍口眞太郎、安藤一郎等的日本譯本（岩波書店、三笠書房）。」❷

那麼，到一九三三年，日本已經有不止一種譯本了。現在，《尤力息斯》原文和外文的不同版本總共可能已接近三百種。世界各主要語文至少有一種譯本，只有中國至今從未譯過全書，不能不說是越來越令人尷尬的事。最近九歌出版社與金隄教授正在商談五年之內出全譯本，如果圓滿地成爲事實，彌補了這個大缺陷，將來文學史上是值得一記的。我想藉此機會，根據手邊現成的資料，粗略地探討一下這本名著與中國的關係，希望拋磚引玉，今後能有專家進一步發表更有系統的研究成果，至少也使更多的中國讀者感到興趣。

(二)中國在《尤力息斯》

喬伊斯熟諳近十種外國語文，對外國事物興趣非常廣泛，這點在七百多頁長篇鉅著《尤力息斯》裏尤其顯而易見。看來他對中國文學涉獵不多。他一位年輕愛爾蘭友人飽爾（Arthur Power）熱愛中國文學，最喜歡的兩位作家中一位是紫式部，因爲「她雖然是日本

---

❷〈幽鬼的城市——從《尤力息斯》談喬伊斯文學〉，《文訊》雙月刊，二十四期，（一九八六年六月），頁二一〇。

人，卻以中國傳統方式寫作。」而喬伊斯根本不知道她的作品❸。儘管如此，他像自己筆下創造的人物布魯姆（Bloom）一樣雜七雜八地看了不少閒書。他的藏書中有一本關於猶太人的，裏面有些圖片是留著辮子的中國猶太人和貌似蒙古人的蒙古猶太人❹。對不同種族間的異同之處他顯然感到強烈的好奇。在《尤力息斯》中猶太人固然占了極重要的地位（布魯姆父親是猶太人，他太太茉莉的母親是西班牙裔猶太人），但也不時出現關於中國的細節。

《尤力息斯》整部書的故事發生在一九〇四年六月十六日，這天早上，布魯姆赴友人葬禮的路上走進一所教堂，觸景生情，想起傳教的事：「拯救中國的千百萬人。不知道他們怎麼向不信教的中國佬解釋教義。寧可要一盎司鴉片。天朝子民。對他們十足是異端邪說。」（第五章，頁八十）❺從這裏接下去布魯姆又聯想到中國人習用的線香（joss sticks）和筷子（chopsticks）。「不信教的中國佬」原文 the heathen Chinese 是美國作家哈特

---

❸ 見 Arthur Power, *Conversations with James Joyce*(Univ. of Chicago Press, 1982), p. 51.

❹ 見 Richard Ellmann, *James Joyce* (Oxford Univ. Press, 1983), pp. 395, 779n.

❺ 一九八四年《尤力息斯》新版出後，至今未被認爲是標準本，因此本文仍用一九六一年蘭登書屋(Random House) 版，但必要時參照新版改正。

(Bret Harte, 1836-1902) 一首民謠改成兩首歌曲後的題目，原詩有一句說「不信教的中國佬古裏古怪」，隨卽舉了靠賭紙牌作弊爲生的阿辛 (Ah Sin) 的事蹟爲證，中國人嗜鴉片成癮，又這麼「怪」，要向他們傳教不會很容易講通的。(十九世紀耶穌會教士在中國各城市建館傳教，一九〇〇年義和團運動期間曾有五個教士在南京被殺。)

一九〇四年中國還是淸朝，所以在送葬中快到公墓時，布魯姆聯想到「長著巨大罌粟的中國公墓可以產出最好的鴉片馬斯田斯基告訴我。」(第六章，頁一〇八) 到公墓後，他看到一所墓穴裏有一隻肥大的老鼠，從而想到人一埋到地下就成了鼠輩日常吃的肉。由此又想到屍體就是腐肉。而人吃的牛酪也不外是牛奶的屍體。他在一本《中國遊記》(*Voyages in China*) 讀到中國人認爲白人身上有死屍的味道 (頁一一四)。到第十七章，我們發現布魯姆的書架上竟眞的放著這本書，封面鄭重其事地用棕色紙改裝，上面以紅筆寫了書名。(頁七〇八) 作者 Viator (旅行者) 是二十世紀初年不止一個旅遊指南作者用過的筆名，喬伊斯專家們至今還未查出任何有關資料，各種書目中也沒有列這本書。布魯姆書架上還有一本《追隨太陽》(*In the Track of the Sun*)，此書全名有副標題「一個環遊世界者的日記」(Diary of a Globe Trotter)，一八九三年倫敦出版，作者湯普森 (F. D. Thompson) 著重記述的是東方和近東，但他似乎只去過日本和印度，而未到過中國

❻。清晨八點多布魯姆上街，路上因明亮的太陽而聯想到這本書，他心目中看到的也只是近東的情景，與中國無關。

下午一點多鐘布魯姆由報社出去吃中飯，一邊走一邊又沉入遐思，覺得古往今來萬事萬物總離不開生生息息的規律：「沙裏的金字塔。建在麵包和葱頭上。奴隸。中國的長城，」（第八章，頁一六四）勞民傷財，用奴隸的血汗築起以後——本章的主題之一是建築藝術——現在不過剩下些斷垣殘壁；布魯姆不禁慨嘆「沒有人算什麼數。」

× × × ×

「食色性也」，食和色是《尤力息斯》的兩個主要題材，也是布魯姆從早到晚始終念念不忘的事。吃完中飯，布魯姆心滿意足，幻想著各種各樣的食物，包括「腐敗」的食物如「中國人放了五十年的蛋，藍色又再變成綠色。三十道菜的晚餐。每一道菜沒有害處到了裏面卻可能混合起來。一本毒殺案小說的題材。」（頁一七五）這裏當然指中國的松花蛋，又叫松花彩蛋，因其蛋清是松花般的黃色；通常只需幾個月就拿出來吃，放了五十年的「珍

---

❻見 Weldon Thornton, *Allusions in Ulysses: An Annotated List* (Chapel Hill: The University of North Carolina Press, 1982), p. 69.

饈」對布魯姆這位「美食家」不消說具有誘惑力。三十道菜吃到胃裏倒未必會混合成毒，布魯姆吃中飯以前餓著肚皮的時候意識該不至於這樣子流。

半夜過後，布魯姆帶著斯蒂芬 (Stephen) 離開花街，在一家以馬車伕爲對象的酒館裏遇到一個已經喝醉的水手在吹噓自己周遊世界，見多識廣，非其他在場者所能企及：

有一次我看見一個中國人，他拿著些像油灰似的小丸子，他把這些丸子放進水裏，丸子就化開了，每個丸子變成不同的東西。一個成了船，另一個成了房子，又一個成了花。在湯裏煮老鼠吃，中國佬這樣兒。(頁六二八)

中國人多「口」雜，吃田裏捉的老鼠更是很多地方有的事，吃法之一就是燉肉。中國的美食家甚至認爲「無物不堪吃」，《酉陽雜俎》記唐貞元中「有一將軍家出飯食。每說無物不堪吃，唯在火候，善均五味。嘗取敗障泥胡盝，修理食之，其味佳。」❼障泥是披在馬腹兩側遮擋塵土的用具，皮革等物製成；胡盝是盛箭的袋子，竹子或皮革製成。拿這兩種軍用

---

❼《太平廣記》，卷二三四引。

物資烹而食之，居然津津有味，不是比老鼠肉和五十年的皮蛋還要聳人聽聞嗎？

沈括曾說「段成式《酉陽雜俎》記事多誕，其間敍草木異物，尤多謬妄，率記異國所出，欲無根柢。」❽那麼，很有點像愛爾蘭這位水手了，都是把荒誕不經的行徑算在外邦人身上。但沈的貶責並不完全公平，中國之大無奇不有，連正史都記著不少奇人奇事，稗官野史更喜歡述異志怪。例如這位醉醺醺的水手所說的神奇的丸子我們雖然不能斷定是什麼，卻未必純是胡謅。王士禎《古夫子亭雜錄》剛開頭就有這樣一條讀書筆記：

寂音《石門文字禪》有云：「何忠孺家有石如硯，以水灌之，則枝葉出石間，如叢桂狀。」亦奇物。

這個「奇物」與那位水手口中的丸子神妙不相上下，而說得有名有姓，信不信由你了。——酒館裏的旁聽者（包括布魯姆和斯蒂芬在內）對水手的話抱著存疑態度，不知道如果喬伊斯熟讀中國歷代的筆記，是否會這樣寫法。

---

❽《夢溪筆談》，卷二一。

× × × ×

喬伊斯不止一次提到《尤力息斯》的詼諧性，說它「基本上是本幽默作品。」❾這點從前面的討論已經可以略見一斑。書裏隨時作文字遊戲。下午在巴納德・基爾南（Bernard Kiernan）開的酒廊裏碰到的那位狂熱愛國份子（喬伊斯故意沒有爲他取名，僅稱之爲Citizen,「公民」），心目中的愛爾蘭英雄榜上連異邦的歷史名人也強行列進，有的只保留了姓氏，卻被加上愛爾蘭的教名。於是莎士比亞成了 Patrick W. Shakespeare, 而我們的孔老夫子也搖身一變，被公民賜諡 Brian Confucius.（第十二章，頁二九七）布魯姆與公民就愛爾蘭革命展開激辯，公民爲愛爾蘭獨立運動 Sein Fein（我們自己）乾杯，同時對猶太人布魯姆蠻橫地表示敵意。接著喬伊斯用俳諧體（parody）模仿當時流行的庸俗新聞報導風格肆意渲染一個革命烈士被處決的場面；在參加的各國政要中，Hi Hung Chang（頁三〇七）無疑影射李鴻章，他曾於一八九六年代表清廷訪問英國。

針對公民所鼓吹的種族歧視，布魯姆堅持人類應該相親相愛。這裏喬伊斯插入一些「某某人愛某某人」的牆上塗鴉體文字，有一句學洋涇浜英文說Li Chi Han Lovey up Kissy

---

❾ Arthur Power, p. 89.

Cha Pu Chow（頁三〇三）。吉福德（Gifford）說前一人名三個字該指「禮記漢」，即《禮記》這部有名的經典，加上「漢」這個有名的朝代；後一人名則是「茶步州」，因爲中國人愛喝茶，以步計長度，常稱地區爲州[10]。這種解釋有望文生義的嫌疑，喬伊斯很可能只想找三個比較常見的中國字羅馬拼音形式，未必每個形式都要認定是哪個字[11]。

深夜布魯姆尾隨斯蒂芬進入風化區，幻象中他被揭發出許多陰私，由一位拙劣的律師代爲辯護，聲稱布魯姆是蒙古人，因此對自己的行動不能負責：「事實上精神不那麼健全。」此時布魯姆一變而成了個東方人，向法官打躬作揖，手指天上操洋涇浜英語說："Him makee velly muchee fine night"（今兒晚上天氣眞好），並唱道：

---

[10] Don Gifford, *Ulysses Annotated: Notes for James Joyce's Ulysses* (Univ. of California Press, 1988), p. 365.

[11] 本斯托克夫婦依西方規矩將二人的姓定爲 Han 和 Chow; Hi Hung Chang 也列在Chang姓下，看來他們誤以李鴻章姓章。Shari Beustock and Bernard Beustock, *Who's He When He's At Home: A James Joyce Directory* (Univ. of Illinois Press, 1980), pp. 67-97.

Li Li poo lil chile,
Blingee pigfoot evly night,
Payee two shilly……（頁四六三）
（李李可憐小孩子，
每晚帶來豬脚。
付了兩先令……）

吉福德說這三行來自一首歌曲或啞劇，明確出處則不詳。（中國人喜歡吃豬腳，猶太人傳統上不吃豬肉，但布魯姆並不遵行這種規矩，反而嗜食動物內臟，大清早特別上街去買豬腰子回來作早餐。）

×　　×　　×　　×

威廉·馬基（William Magee）是喬伊斯青年時期在都柏林的相識者之一，他在國立圖書館工作，並以約翰·埃格林頓（John Eglinton）爲筆名發表文章。喬伊斯曾寫過一篇自傳性散文〈藝術家的畫像〉（"A Portrait of the Artist"）投給他主編的雜誌，他以裏面談到性經驗而拒絕刊登。此人長得矮小醜陋，不但堅持獨身主義，而且是道學家，因此成為喬伊斯和友人戈加蒂（Oliver St. John Gogarty）取笑的對象。在《尤力息斯》裏斯蒂芬（喬伊斯）和莫利根（戈加蒂）也時常在背後嘲弄他。斯蒂芬在國立圖書館與他和詩人羅素（George Russell, 筆名 A. E.）及另一館員利斯特（Thomas William Lyster）就莎士比亞展開激辯，中間莫利根也來到；他和斯蒂芬離開圖書館後口沫亂飛地叫道：

O, the Chinless Chinaman! Chiu Chou Eg Lin Ton.（第九章，頁二一五）

（噢，沒有下巴的中國佬！請强埃格林頓。）

這兩句話出處是輕歌劇《藝妓》（*The Geisha*）中的一首歌“Chin Chin Chinaman”（請請中國佬），其中以洋涇浜英語打趣中國人。後一句除了「請」以外，另四個音節是把強・埃格林頓這個名字中文化，但是為什麼要稱他為「沒有下巴的中國人」呢？書裏提到他眼睛很亮，留著鬍子，頭髮是赤褐色（見頁一八四），並非中國人特有的長相，但另外則提到他其貌不揚（ugling, 頁二〇四）。戈巴蒂當年愛嘲笑埃格林頓長得醜，所以在專愛插科打諢的莫利根的眼裏，他不但像中國人，而且像沒有下巴的中國人了。第十四章關於生育失常現象的文字中又通過莫利根提到 The agnathia of certain chinless Chinamen, agnathia 亦指沒有下巴，與前面的 chinless 相呼應[12]。chinless 另一意思指性格軟弱，但無論本人和化身，埃格林頓都很有個性；在小說裏他與斯蒂芬頗有相像之處[13]。

Chinchin 早已成爲英文詞了，《牛津英語詞典》(*Oxford English Dictionary*)引的最早例句是一七九五年。在《尤力息斯》第十二章關於假想的愛爾蘭烈士被處決的場面裏，觀衆向劊子手歡呼時出現了各種語文的字眼，有日本的 banzai（萬歲），也有中國的 Chinchin（頁三〇八）。儘管「請，請」並不是歡呼致敬的用語。

埃格林頓以中國人的形象出現不止一次。第十五章在幻象中斯蒂芬白天碰到的某些人物再度上場，包括圖書館的三個館員。利斯特領著埃格林頓，後者身穿雜色花紋南京產黃布（nankeen yellow）製的中國官吏「和服」（Kimono），頭戴塔形高帽。貝斯特（Richard Best）把帽子揭起，露出剃光的腦袋，頂上豎著一條辮子用橘紅色蝴蝶結束紮。（頁

---

[12] 一九六一年版 agnathia 作 agnatia（同族。頁四一〇），與上下文搭不上腔。這裏根據一九八四年版。（法文版作 agnahteio）

[13] 參看 Jean-Michel Rabat'e "A Clown's Inquest into Paternity: Fathers, Dead or Alive, in Ulysses"in *James Joyce's Ulysses* ed. Harold Bloom (N. Y.: Chelsea House,1987), p. 88.

五〇九）

這不但是把埃格林頓漫畫化，也把清朝的中國人漫畫化了。不僅是小說人物，就是小說作者喬伊斯，心目中的中國人也富有神秘乃至奇異的色彩。在《尤力息斯》最後兩頁裏，清晨二時（有人推測爲三時）一刻茉莉（Molly）還未入睡，因而聯想到「這時候在中國他們正在起床梳攏自己的頭髮準備過一天的日子」（頁七八一）。一九〇四年愛爾蘭婦女都留長髮，梳起來和中國人的辮子一樣要花時間。有人指出喬伊斯初稿用 combing（梳），後來加上 out，表示梳長髮的過程的完成⑭。

布魯姆與那位種族歧視份子在酒館爭辯時強調人類應當相親相愛。第十八章幻象中斯蒂芬問起的「那個人人都知道的字」（頁五八一）就是 love（愛）⑮。在全書行將結束的當口——最後兩頁也是全書最有名的片段——喬伊斯讓女主角茉莉想到地球另外一端的中國人

---

⑭ 見 Joseph Prescott, "The Characterization of Molly Bloom" in *A James Joyce Miscellany*, Third Series, ed. Marvin Magalaner(Carbondale: Southern Illinois Univ. Press, 1962) pp. 90-91.

⑮ 這個答案一九六一版沒有，一九八四版第九章加入（見 p. 419），但是後來有的學者認爲喬伊斯定稿時有意隱去，就應遵從他的決定，不宜增補。

也許並非偶然。茉莉像地球，像萬物之母，她照應著全人類。

（三）《尤力息斯》在中國

如果沒有對日抗戰和國共內戰兩個大動亂時期以及一九四九年以後的政治局面，《尤力息斯》該不至於遲至現在才有出全譯本的具體計畫。事實上，它在中國並非完全沒有受到重視。當然，三十年代魯迅和茅盾等人不可能不知道這本劃時代的著作，但道不同不相爲謀，他們敬而遠之是不足爲奇的。另一方面，由施蟄存主編的《現代》雜誌卻曾介紹過喬伊斯。文章我未見過，但施和穆時英、劉吶鷗等新感覺派作家是該刊主要編撰者，他們大都通過日文接受西洋文學，《現代》於一九三二年五月創刊，在《尤力息斯》日文本剛出不久，猜想介紹文字與之有關。施在其所譯顯尼志勒（Arthur Schnitzler, 1862-1931）小說《薄命的戴麗莎》（*Therese*）譯者序裏認爲「勞倫斯和喬也斯這樣的分析心理的大家」的出現應歸功於這位奧地利作家，並特別提到「喬伊斯的名著小說《攸里棲斯》所應用的獨白式的文體。」中國新感覺派小說家看來直接間接受過該書的影響，尤其穆時英有時很像是在模仿喬伊斯的技巧。如〈上海的狐步舞〉和〈夜總會裏的五個人〉裏像電影蒙太奇那樣穿插交錯的寫法，是《尤力息斯》第十和十一兩章已經用過的「特技」之一。〈夜總會裏的五個人〉寫一天下午至清晨四時舞廳打烊爲止上海五個居民的生活，也令人想起《尤力息斯》。

當時模仿意識流手法者不乏其人，前幾年大陸上出過一本專書《「心理分析」與中國現代小說》⑯的專章討論了魯迅、郭沫若、郁達夫、許傑、施蟄存和穆時英。其實另外如徐志摩、林徽音和馮文炳等也或多或少受過意識流的感染，但這些人大都只取法吳爾夫夫人 (Virginia Woolf)⑰，認眞看過《尤力息斯》的不多，也就不大有人評論。郁達夫一九三四年預料「稍舊一點的福斯脫 (E. M. Forster) 及現在正在盛行的喬伊斯 (James Joyce) 與赫胥黎 (Aldous Huxley) 和勞倫斯，怕要成爲對二十世紀的英國小說界影響最大的四位大金剛。」⑱郁懂英、日和德文，儘管也未必讀過原書，該是看了些介紹評論，對《尤力息斯》有所了解。

燕卜蓀（William Empson）一九三七年至一九三九年先後在北京大學和西南聯大教授英國文學。一九四七年至一九五二年又回中國在北大任教。一九五六年在英國廣播電臺上

---

⑯ 余鳳高著（北京：中國社會科學出版社，一九八七）。

⑰ 見卞之琳，《人與詩：憶舊說新》（北京：三聯書店，一九八四），頁三九，四八。

⑱ 〈讀勞倫斯的小說——《卻泰來夫人的愛人》〉，《閒書》（上海書店，一九八一），頁八一。

談《尤力息斯》的主題，後來發表於《肯尼昂評論》(*Kenyon Review*)，按語中說到他在北京時就這個題目寫過一篇較長文字，該就是指一九四七到一九五二這幾年。一九八一年王德良在北京廣播電臺的一次談話中提到一九四〇年代初期他在西南聯大作助教時譯過《都柏林人》(*Dubliners*)全書，原因是常常聽人說起《尤力息斯》，所以起意閱讀該書作者的短篇小說。他聽人談論《尤力息斯》應當就是燕卜蓀對該書發生興趣並可能在學術圈裏廣爲推介的時候，可惜兵荒馬亂的歲月裏，人們顧不到翻譯這本又長又難的書的艱鉅工作。

× × × ×

中共開始統治以後，大陸學者對《尤力息斯》噤若寒蟬。一九六六到一九七六年間的文化大革命被身歷其境的文化工作者稱爲「大革文化的命」，其慘況可想而知。文革結束後到去年六四事件發生，總算是慢慢地在試著開放，出版界不再專印毛選和郭沫若(《李白與杜甫》)、章士釗(《柳文指要》)等御用文人的書了。錢鍾書的四册《管錐篇》一九七九年問世(序於一九七二年)，旁徵博引，可以說是他一生讀書心得的集大成之作。其第一册第五十八章「唯唯！否否！」節提到《尤力息斯》第十五章幻象中妓院老鴇手中的扇子問布魯姆：「你忘了我啦？」布魯姆回答："Nes. Yo." 錢說：

英語常以「亦唯亦否」(yes and no)為「綜合答問」(synthetic answer)，或有約成一字(nes,yo)，則真「正反並用」，足為「奧伏赫變」示例者。(頁三九四)(按：「奧伏赫變」爲德文 aufheben，意爲「揚棄」，「除掉」。)

錢所根據的是一九三三年奧德賽(Odyssey)出版社本，一九六一年蘭登書屋(Random House)修正重排版反而把 "Nes. Yo" 誤改爲 "Yes. No"，正好違背了喬伊斯的原意(儘管當年在喬伊斯親自參與下譯成的法文本已作 "Norù. Von")。

錢學貫中西，又精通數國語文，該是中國最有資格談《尤力息斯》的少數人之一，可惜據我所知，他沒有寫過專文純從學術觀點討論這本要「教授們忙幾百年」[19]的極其咬文嚼字的小說。

「十年浩刧」剛結束不久，意識形態方面的偏見還很明顯，有的作者餘悸猶存，發言時不能不先站穩立場。袁可嘉——近些年研究西方現代派文學用功甚勤——一九七九年在一篇

---

[19] 喬伊斯的話。見 Ellmann, p. 521.

喬伊斯簡介裏就彷彿有意隱善揚惡，著重指出《尤力息斯》「在思想傾向上的腐朽性質。」⑳同年他在一篇談歐美現代派文學的文章中持類似的論調，甚至武斷地說「小說的主旨是通過這三個代表人物嘲弄現代人的不可救藥及『永恒的人性』的醜惡，部份地反應了資本主義社會的陰暗面。」㉑次年袁在另一篇同樣題材的文章裏則根本沒有討論喬伊斯，他對《尤力息斯》似乎不很重視，也不很瞭解㉒。一九八二年問世的《中國大百科全書》外國文學部份（兩卷）喬伊斯條由巫寧坤撰寫，對《尤力息斯》作了比較詳細的介紹，論點也比較客觀，認爲它是「現代西方社會中人的孤獨與絕望的寫照」，同時肯定其「刻意創新」的風格。（卷二，頁八三六）袁可嘉以「能力平庸，品質卑劣」㉓、「厚顏無恥」㉔這種偏激字眼把

---

⑳《外國名作家傳》，張英倫等編，中册（北京：中國社會科學出版社，一九七九），頁二八六。

㉑〈象徵派詩歌、意識流小說、荒誕派戲劇——歐美現代派文學述評〉，《文藝研究》，一九七九年第一期，頁一三五。

㉒見《文藝研究》（雙月刊）一九七九年第一期，頁一三五—一三六和一九八〇年第一期，頁八六—九八。一九八一年出的一本《現代歐美文學》說《尤力息斯》「對一切形式的資產階級思想意識、道德、藝術、習俗都進行了否定。」（孫鳳城等三人著，北京師範大學出版社，頁一九）。簡直有點莫知所云。

㉓見㉑，頁一三六。

㉔《外國名作家傳》，中册，頁二八六。

布魯姆這個人物一筆抹黑，巫則比較分析性地稱他為「彷徨苦悶的小市民」。但巫說喬伊斯與娜拉（Nora）於一九○四年結婚，實則二人是這年六月十六日第一次約會，同居到一九三一年才為了女兒的福利辦了結婚手續。《尤力息斯》全書的故事之所以發生在這一天——所謂「布魯姆日」（Bloomsday）——就是喬伊斯有意選了對他最有紀念性的日子。

《尤力息斯》晦澀難懂，無疑是遲遲沒有中文本的另一基本原因。連讀者都往往望而卻步，要逐字推敲談何容易。喬伊斯花了七年嘔心瀝血製成的衆多「字謎」，別人哪能輕易理解。所以箋註的工作是不可缺少的。一九八三年北京商務印書館的《英國文學名篇選註》（王佐良等主編，他的序寫於一九八二年四月）中，《尤力息斯》部份由王佐良負責，從第三、八和十八章各選了長一、二頁的片段，作了詳細的解說和註釋，在中國算是創舉了。一方面文革的陰影漸漸淡遠，一方面王重視學術獨立，他不帶任何思想成見，就書論書。與袁可嘉相比，王能認識到布魯姆這個人物「代表二十世紀西方都市的普通市民。」（頁一一九○）袁對茉莉的評斷是「不貞……縱慾」，巫寧坤也只看出她「尋歡作樂」的一面，王則除了提到她對丈夫不忠實以外，特別強調「然而 Joyce 並不簡單化，他筆下的 Molly 又是一個熱愛生活的好心腸的婦女。」（頁一一九六）王對《尤力息斯》推崇備至，認為「無論

從哪一點說，*Ulysses* 都是一部傑作。」㉕（頁一一九一）

在大陸上這方面的研究環境和參考資料都極其不利的情況下，王能對《尤力息斯》作這樣高度的評價，大半該還是由於他早年對喬伊斯的興趣，但也正是受環境和資料的限制，以他的學養，不免也有疏漏之處。在介紹情節時，王說布魯姆和斯蒂芬這一天「各幹各的，到晚上才碰上」了，此處「碰上」含義不夠清楚，我們知道下午二時許兩人在國立圖書館已經打過照面（第九章），晚上又在產科醫院碰頭（第十四章）。斯蒂芬和林奇（Lynch）酒後去了風化區，布魯姆不放心，也尾隨而至。斯蒂芬為一英國兵打倒在地，林奇溜走，布魯姆挺身而出照顧斯蒂芬，這是二人第一次單獨相處交談。王以為每章的標題非原有，是後人加的，其實喬伊斯原稿中本來有標題，付印前才被他刪除，所以現行各種版本除了三個部份有編號以外，通常既無章次編號，也無標題，章次和標題是研究者為了方便才使用的。（一九

㉕王對《尤力息斯》的評論彷彿有一個演變過程。一九八〇年曾說「這部長篇小說隱含著一個對照，即以一個現代都市普通市民的平凡瑣碎的生活和思想同古希臘那位英雄的冒險事蹟和高尚情操相比。」這話頗有問題，喬伊斯無意以布魯姆與尤力息斯「對照」，他倒是立意把他寫成一個現代的尤力息斯。一九八二年王還說過該書「寫現代都市居民精神生活的庸俗和猥瑣。」見《照瀾集》（北京：外國文學出版社，一九八六），頁二四五，二二一。

八四年新版則加了章次，但仍無標題。）

注解方面有些地方也值得商榷。第八章 Tootles 並非喬伊斯「自創詞」，也非「照上下文看指牙齒」，而是托兒所對幼兒牙齒的習用語。布魯姆進入波頓（Burton）飯館聞到的使他噁心的氣味包括 reek of plug，這裏 plug 指板煙，不是「抽水馬桶的放水設置」。他看到有一位顧客狼吞虎嚥地吃捲心菜，於是想著「good stroke」。王解釋說：「通常意爲：了不得的一招兒，但此處可能是指 a hearty appetite，旺盛的食慾。（解見 OED, stroke, sb.1, 19; Swift 曾經如此用過。）」從前後文和這節文字的詼諧性看來，仍宜理解爲「了不得的一招兒」。第十八章「and how he kissed me under the Moorish wall」註云「從此起 Molly 的思緒又回到她誘使Bloom 向她求婚的情景。」此前茉莉在意識流裏回憶當年布魯姆在豪斯海角（Howth Head）熱吻她並求婚的往事，那時她腦海中出現了少女時期在直布羅陀的第一個情郎莫爾維（Mulvey）中尉，二人在莫爾式牆下初次擁吻。最後她洶湧的思潮中又記起初戀，所以這裏的 he 指莫爾維，而非布魯姆。

一九四九年以後大陸上向蘇聯老大哥一面倒，官方對英美文學主要採取摒斥的政策。但王、巫和袁畢竟是專家，儘管經過二三十年的閉塞，下筆時仍在不同程度上顯示出他們嚴肅的治學精神。這不是很容易做到的事。也是一九八三年，北京的人民文學出版社出了一本由俄文譯來的《英國文學史（一八七〇—一九五五）》㉖，文革已經結束六、七年了，爲什麼還要去找一本蘇聯一九五八年印的《英國文學史》，由堂堂的國家出版社出書，這首先就是奇事一樁。更令人駭異的是譯校者對英國文學的無知和不負責任的態度。在喬伊斯那節，《都柏林人》中"After the Race"譯爲「追求以後」㉗，"Ivy Day in the Committee Room"譯爲「伯留希的一天」㉘，*A Portrait of the Artist as a Young Man* 譯爲《畫家青年時代的肖像》，令人啼笑皆非。關於《尤力息斯》，它成了一本「厚約五十印刷頁」的小說（下册，頁四四三）。更妙的是這段譯文：「勃路姆和德達路斯在這一天結束時終於一致了（作者在小說的『第二布局』上描寫這次會見，是作爲奧德賽與杰列馬克的會見來表現的」（頁四四六），「一致」是什麼意思？有一本書叫《奧德賽》（*The Odyssey*），也有一個

㉖ 上下兩册，秦水譯，蔡文顯、梁植、彭守誠校。蘇聯科學院高爾基世界文學研究所編，一九五八年莫斯科蘇聯科學院出版社出版。

㉗ "After the Race"：此處 Race 指一九〇三年七月二日在愛爾蘭舉行的汽車大賽。

㉘ "Ivy Day in the Committee Room" 查理・帕耐爾於一八九一年十月六日死後其徒衆和同情者每年在這天配帶一常春藤葉（象徵再生）。Committee Room 指英國議會第十五號會議室，帕耐爾在這裏被政敵推翻。「伯留希」該是俄文「長春藤」一詞的譯音。

人物叫這個名字嗎？就是盲從俄文，也不應將 Telemachus 譯爲杰列馬克。（有一本從俄文譯的《神話辭典》就從俗依希臘文譯爲忒勒瑪科斯，並附拉丁文譯音「特里曼殊」[29]。）別的不必說了。看來譯校者們不但沒有讀喬伊斯，連荷馬也沒有翻過。

× × × ×

一九四九年以後，在喬伊斯的研究方面臺灣當然比大陸起步要早，五十年代和六十年代《文學雜誌》和《現代文學》都登過有關的文字。但起初著重於譯介《尤力息斯》以前的喬氏著作，即《都柏林人》和《青年藝術家畫像》[30]（後來大陸也是如此），近幾年來無論臺灣、大陸和海外都有人較有系統地從事於有關《尤力息斯》的著譯工作。

臺北書林出版社一九八五年出了《優力西斯註》（*Ulysses Annotated*），由談德義（Pierre E. Demers）以英文註釋，呂秀玲和施逢雨譯爲中文。其中選的是坊間通行的英國文學課本中習見之該書第一、三、六和八章。內容純屬註解，沒有評論。選的是四章全部

[29] 蘇聯鮑特文尼克等四人編著，黃鴻森、溫乃錚譯（北京：商務印書館，一九八五年），頁二八五。

[30] 臺北志文出版社一九八六年出的杜若洲譯《都柏林人・青年藝術家的畫像》正文前面有未署作者名字的喬伊斯生平和作品介紹，其中未討論《尤力息斯》。

而非片段，註得相當周到，所以其用處遠遠超過《英國文學名著選註》中侷促的空間。前三分之一篇幅印原文，後面三分之二是註釋，其詳實可以比美吉福德，而往往比吉福德還要完滿。例如小說裏內心獨白和意識流隨處出現（最後一章四十多頁全是），而顧名思義，這些片段常常是人物野馬般的遐思幻想，讀起來沒頭沒腦，必須把前後文乃至好幾章以前的情節記住才能領悟。不論是布魯姆、斯蒂芬或茉莉，會不期然地想到一位「他」或「她」，乍看往往弄不清是誰；本斯托克夫婦曾以四頁篇幅專門爲茉莉意識流中的代名詞「驗明正身」，而有一處這兩位專家居然難以斷定㉛。《優力西斯註》在這方面很能顧到初讀者的方便。小說開頭，莫利根指責斯蒂芬不該在母親臨終要求他與她一起——不是如談所註的「爲她」——祈禱時冷酷地拒絕，接下去說「她」死後曾在他夢裏出現，這裏「註」云「她」指斯蒂芬的母親（頁一一三）並非必要，但顯出用心的殷切。談對第三章斯蒂芬意識流中的 he、it和 her 等作了六次辨認，除了 her 顯然仍指斯蒂芬的母親可以不註以外，其餘都是有用處的。小說第八章結尾布魯姆吃完中飯在街上瞥見博伊蘭（Boylan），這青年正在前往他

㉛ Benstock, pp. 229–233 茉莉記起一個男子讚美芭蕾舞女演員，（*Ulysses*, p. 745）本斯托克夫婦認爲這男子可能指三個人，而以博伊蘭可能性最大。

家與茉莉成姦的路上，布魯姆此時心情尷尬而慌亂，「註」以一頁篇幅為不到一頁的原文作了闡析。

喬伊斯既然處心積慮在書裏埋下不計其數的伏線，要把來龍去脈弄清就自然既困難而又必要。談這方面也注意到了。例如第一章結尾莫利根向斯蒂芬索去他們同住的碉堡的鑰匙，這樣一來，斯蒂芬這天從早到晚始終記著他已經無家可歸，「註」也每次都作了照應（頁一三七、一六三、一六六），但談說斯蒂芬將在布魯姆「那裏過夜」（頁一三七）則有語病，因為斯蒂芬沒有接受布魯姆「留髡」的好意，在他家待了不久就離開了，他到哪裏過夜是個謎。

有很多字義是不必解釋的，如 Tom, Dick and Harry, dun, tritely, unscathed, piehald 等都是很常見的詞，普通字典可以查得到。第八章 Sober as a judge 不必註，卻註為「成語」，而未說明意思（「非常嚴肅的」）。同時也有些詞語該註而未註，如第一章有一句 Is there Gaelic on you? 是愛爾蘭西部農民口語，不加註連英美讀者都不會知道意思是「你能講愛爾蘭話嗎？」小說接下去隔了一頁 stony 是 stony-broke（一文不名）的縮略形式，有註會比較容易懂。第八章 galoptious 釋為「會奔跑的」，很奇怪，或許誤以為喬伊斯獨撰了 galloptious。王佐良就說這是喬伊斯「所創新詞，可能是形容大塊難吞的東西。」據帕特里奇(Eric Partridge)《英語俚語及非傳統語詞典》(*A Dictionary of Slang and Unconventional English*)，這個字眼一八八五年已經以 galopshus 等大同小異的形式出現；其實《牛津英語詞典》無論新舊版在 goluptious 條下引的最早(一八五六年)例句反而是用 galoptious。不管怎麼拼法，這個詞在這裏是「很可口」的意思。

× × × ×

一九八五年我在紐約《知識份子》第五期發表了〈讀《尤力息斯》〉，次年在《中國時報》人間版重刊；同年從該書第二、四、八、十、十三、十五和十七章各選譯了一節，登在《知識份子》第七期，一九八八年將二者結集由洪範書店出書，題爲《尤力息斯評介》。我的出發點是在有限的篇幅裏爲中國讀者勾勒出這本名著的粗略輪廓。在論文部份，我探討了小說的情節、人物、技巧和風格；在激賞之餘也表示了保留，指出喬伊斯有時寫得興起，筆下失控，而至走火入魔，主要則仍然肯定這本書的巨大成就和對後來作家如福克納等的深遠影響。

北京《世界文學》雙月刊於一九八六年發表了金隄的〈西方文學的一部奇書——論詹姆斯·喬伊斯的《尤利西斯》〉和選譯的一些片段，一九八八年經修訂增補後由天津百花文藝出版社出書，名《尤利西斯（選譯）》[32]。在長四十頁的論文中，金相當全面地對小說加以介紹。由於他作過專門研究，所以討論時能兼顧各種不同的觀點。例如他從三個方面分析該書的藝術特色：坦率地反映生活現實；文字有獨特的風格；結構獨特，象徵手法「大膽」。關於主題思想，他也博採衆議，分「一、空虛；二、有毒；三、有積極意義」，言之有據地進行客觀詳實的解說。金比王佐良更進一步，並不單單視布魯姆爲平庸的市民，而是充滿同情和了解，讚他「樸實無華、誠懇待人」，能不顧自身的困窘處境而「忘我地照顧他人，這就是眞正的人的精神！」金引述第十七章斯蒂芬的話強調文學的價值在於「永恆地肯定人的精神。」[33]這些論點都可證明他對喬伊斯的創作旨意有比較深切的體會。

也就是由於這個原因，金的譯文首先能忠於原文，很少理解上的基本錯誤。以第十八章最後兩頁爲例。袁可嘉曾譯過開頭幾句爲「一刻鐘以後在這個早得很的時刻中國人該起身梳理他們的髮辮了」，原文是"a quarter after what an unearthly hour I suppose they're just getting up in China now combing out their pigtails for the day ..."

---

[32] 北京《外國文學》月刊一九八六年第八期曾有王家湘的書評〈喜讀《尤利西斯》的選譯及論文〉（頁九一—九二）。

[33] 〈引論〉頁四二—四三。

a quarter after 指夜裏二時（或三時）一刻，不是「一刻鐘以後」，unearthly 形容半夜三更，不妨譯爲「什麼鬼時候啊」，「早得很」卻失去原意。for the day 袁沒有譯。金的譯文是：「……幾點一刻什麼缺德鐘點大概中國那邊人們現在正起床梳辮子準備開始一天的生活吧。」（頁一九四）做到了信和達的要求。

有些詞語金的譯法我不盡同意，例如 master 譯「小朋友」（頁一四八）不如「少爺」；winebig（形容眼睛）譯「用酒撐大」（頁一五四）欠妥，法文本作 hoyés de vin, 不妨譯爲「酒汪汪的」；fine cattle 譯「肥牛」（頁一九五）令人想起牛肉，不像是茉莉心目中所想到的。金對全書結尾用過的幾次 yes 的譯法有自己的見解，強調用「是的」、「對的」、「好的」等類字眼「不能勝任，都嫌消極被動」（序，頁五）。他在譯文中用了一次「好的」，一次「好吧」，其餘八次都用「眞的」，包括最後的那個。我覺得既然原文只用 yes，則中文也最好始終用一個詞，而讓前後文決定金所說的「四層效果」。（英文 yes 本身並不一定隨時隨地具有這四種效果。）喬伊斯認爲它是「女性詞」(the female word)，人類語言中最肯定（positive）的詞，所以第十八章開頭和結尾都是這個詞，全章出現最多的也是這個詞，可見作者多麼重視，我看不如從頭到尾，譯爲「是的」之類。

× × × ×

楊熾昌〈幽鬼的城市——從《尤利西斯》談喬伊斯文學〉於金隄的論文和譯文在《世界文學》刊出後不久在臺灣《文訊》雙月刊登出。據楊自己回憶，他一九三三年讀到日譯本後，一九三六年左右已在當時的《臺南新報》刊載過一篇〈喬伊斯中心的文學運動——JOYCEANA〉，其中論及《尤力息斯》。在〈幽〉之中他一再強調喬伊斯是「喜劇藝術家」，這本小說「最讓人感到興趣的應該是作者的喜劇寫作態度」，（頁二一）正合喬伊斯創作的出發點。楊盛讚「作者把古代到現代的歐洲文學加以蒐集、連結、超越了時空距離，構成都柏林一日的人間百態，成爲幽鬼的城市，爲歐洲文學開創了一個嶄新的藝術型式。」（頁二六）可以看出五十年來他對這本小說興趣未減。有時他措詞不夠明確，例如「已神話化的歷史事件『巴尼爾的沒落』重生的巴尼爾胞弟。」（頁二四）愛爾蘭獨立運動領袖 Charles Steward Parnell（一八四六—一八九一）因與有夫之婦同居而身敗名裂，終至齎志而歿，一九〇四年他已去世多年，小說裏提到多次，但他的事蹟並沒有神話化；他弟弟 John Howard Parnell（一八四三—一九二三）一九〇四年正擔任都柏林市政典禮官，在書中出現過幾次。「重生的」不知何所指。有些詞楊的譯法與衆不同，也不很恰當，如「意識的流動」（意識流），「內在自我的獨白」（內心獨白），他譯 Finnegans Wake 爲「芙爾根玆通宵」，也不妥，這個書名一語雙關，既說有一位 Finnegan 死後親友爲他守靈，又說所有 Finnegan 復活。（因此喬伊斯把所根據的民謠題目 Finnegan's Wake 中的所有格符號去掉。）前兩年出的法文譯本乾脆沿用原名，就是因爲否則無法兼顧兩種含義。楊文有很多人名的譯音頗怪，如布爾姆 (Bloom)，芙爾根玆 (Finnegans)，亞保利爾（Apollinaire），普爾斯特（Proust），法培爾（Flaubert。楊稱之爲喬伊斯的「恩師」）；不如仍照通行的習慣譯法。

（四）結束語

這幾年西方出版界有三件事與《尤力息斯》的中文翻譯有很大的關係。一九八四年由德國學者加布勒（Hans Gabler）主編的《尤力息斯》新版三卷問世，立卽轟動世界文壇，《紐約時報》曾以頭版發佈消息。誰知不久就惹起激烈的爭論。據我看來，反對新版者——主要是波士頓大學教授奇德 (John Kidd) ——揭露的錯失中，最嚴重的可能是在校訂過程中使用的並非作者原始手稿而是摹本，也沒有將摹本與原稿核對，這點加布勒自己承認；事實上，一九八六年蘭登書屋印新普及版時，加布勒已不聲不響照著奇德指出的許多錯誤作了改正。蘭登隨卽重印了一九六一年舊版，讓讀者自己決定取捨，新版遂失去標準本的尊貴地位。該出版社已聘請專家組成委員會研究新舊版的得失，三兩年內該會編出更完善的版本。

目前有這兩個本子，至少可以互相參用。

當年喬伊斯寫《尤力息斯》時經常參考《牛津英語詞典》，其時詞典尚未出齊，他只能用前幾冊。去年《牛津》出了新版二十卷，其中一個很大的特色是反轉過來把這本小說中的新詞儘量收入。此事不但在詞書史上是個佳話，對漢譯工作也會很有助益。

最直接相關的則是吉福德《尤力息斯注釋》前年出的新版。此書初版於一九七四年，但收詞不夠全，又有許多舛錯，頗受攻訐。新版十六開，正文長六五〇頁，利用二十年的新研究成果全面作了修改增訂，勝過舊版多多了。

有這三種新版本，假定金隄先生五年內可以譯完《尤力息斯》，那麼很可能後來居上，成爲各種語文中最完備可靠的譯本。讓我們翹首以待吧。

——一九九〇年十月三日

三民叢刊54

紅樓夢新解 紅樓夢新辨

潘重規 著

自蔡元培、胡適兩先生對紅樓夢熱烈討論之後，紅學已成爲文史學中的一門顯學。在舉世風從胡氏的自傳說之後，潘重規先生獨持異議，發表論文主張紅樓夢是漢族志士反清復明之作，使學界對胡氏再做檢討，而開展紅學的另一新路。潘先生在香港新亞書院創設紅樓夢研究課程，刊行紅樓夢研究專輯，又於一九七三年獨往列寧格勒，披閱該處所藏乾隆舊抄本紅樓夢，發表論文，飲譽國際。歷年來潘先生與胡適、周汝昌、趙岡、余英時諸先生討論的文字及論文，今彙集爲「紅樓夢新解」、「紅樓夢新辨」重加校訂出版，使讀者能一窺紅樓夢作者之眞意所在，暨紅學發展之流變。

三民叢刊6

自由與權威

周陽山 著

自由與權威並不是對立的觀念。一個眞正的權威，是使人自願接受的力量，服從一個眞權威並不會使人感覺不自由，相反的，他是指引人們進一步思考、發展的助力。而一羣人獨立的自由，也只有在權威設定了自由的範圍後才得以維續。作者周陽山先生，探索有關自由主義、權威主義、保守主義及各種激進思潮在中國的歷程多年。在本書中，作者進一步透過相關的國際知識發展經驗，檢討自由與權威，自由化與民主轉型，以及國家社會與民間社會等層面的理念，期爲民主化的歷程建構一條坦途。

三民叢刊 7

勇往直前

石永貴 著

石永貴先生，絕對是大衆傳播界一個響亮的名字，在他任內，使新生報轉虧爲盈，發行量增加了一倍，也是在他任內，使臺視業績成長了四十四倍，並使臺視新聞確立了不移的口碑。他的成功經驗、勇氣和堅持，當可予人不同的啓示。本書即收集了石永貴先生自述其心路歷程的文字，從書中，我們可以看到他怎樣期待部屬，也看到要求自己，這些經驗和理念，不僅可讓傳播人獲益非淺，一般人讀了，也可獲知成功的理念何在。

三民叢刊 8

細微的一炷香

劉紹銘 著

劉紹銘先生爲海外知名學者，研究現代文學聲譽卓著。他以本名撰寫文學評論，以二殘筆名撰寫諷諭文章，文思流暢，刻畫生動，本書爲作者最新之文集，蒐集大陸民運前後發表的文評及雜文，除了析述海內外有關中國的文壇發展外，字裏行間所流露的對中國現勢及未來的痛心及關心，更是使人心動。

三民叢刊 9

文與情

琦君 著

琦君的散文，溫柔敦厚，於自然中散發出細膩的情思，久已爲人稱譽。本書即收錄了他最近的作品，從日常生活中隨手拈來，自也透露出作者駕馭文字的純熟工夫。另外並有琦君向少執筆的小說及她第一次執筆的劇本，可看出作者對文字掌握的多面能力。不可不讀。

三民叢刊10

在我們的時代

周志文　著

「在我們的時代，希望很容易幻滅，但在一段沮喪過後，逃逸了的希望又常常不期然地像雨後的彩虹一般的在遠方出現。」

本書收集作者兩年來在中時晚報所發表的時事短評，針對的人、事雖各有不同，但所抱持的理念是一致的，那就是一個人文學者對現世的關懷，與對未來猶不死滅的希望。

作者以洗鍊的文筆，犀利的剖開事件上層層的迷障，讓我們得以見到更深刻的事實和理念。

三民叢刊11 12

中央社的故事

周培敬　著

六十年來，中央通訊社一直在中國新聞界的發展上扮演著重要的角色；從建立全國性的電訊網，收回外國通訊社發稿權，見證八年抗戰，親歷臺灣經濟奇蹟，目睹了退出聯合國，中央社一遍遍的做下時代的紀錄。它寫著這些年的歷史，從而也把自己寫進了歷史之中。

三民叢刊13

梭羅與中國

陳長房　著

美國作家梭羅以其《華爾騰》（或譯《湖濱散記》）一書呼喚人們在日常更深入的生活，創造更有意義、更爲快樂的生活，而聞名於世。其對生活的態度正與中國的孔、孟、老、莊思想有相契之處。作者陳長房先生層層爬梳，探究其間的關係，並論述了梭羅的作品及思想。透過這跨文化的比較，也許正可幫助我們在濁世中尋覓桃源。

三民叢刊14

時代邊緣之聲

龔鵬程　著

時代的邊緣人，不是無涉於世的出世者，他只是退居在時代激流之旁，以讀書、讀人、讀世自遣，以文字聊爲時代留下些註腳。本書即是以時代邊緣人的心情自謂而做的記述，偶或玩世不恭，亦曾獨立蒼茫，但終究掩不住其對時代的關切及奮激之情。

三民叢刊15

紅學六十年

潘重規　著

本書爲「紅學論集」的第三本，集中討論紅學發展，及列寧格勒《紅樓夢》手抄本的發現報告及研究。作者於《紅樓》眞旨獨有所見，歷年來與各方論辯之文章，亦收錄於書中，庶幾使讀者一窺《紅樓夢》之眞意所在，及紅學發展之流變。

三民叢刊16

解咒與立法

勞思光　著

近來臺灣的社會力在解除了身上的魔咒之後，一時四處噴發，整個社會因而孕育著新生和希望，也充滿了騷動和不安。勞思光先生以其治學的睿智，剖析社會紛亂的眞象，指出：「解咒」之後，必須「立法」，亦即建立新的規則，若在這一步上沒有成果，則所謂「進步」亦失去意義。值得吾人深思。

三民叢刊17

對不起，借過一下

水晶 著

「對不起，借過一下！」要借的是：在舉世滔滔，資訊爆炸的年代，各人心靈上的一點空間，來容納書中帶來之感性與理性的清涼。本書為作者近作之散文及評論的合集，散文率從生活小事著墨，筆觸輕靈動人。評論主要針對張愛玲、錢鍾書二氏之作品，亦抉其幽微，篇篇可誦。

三民叢刊18

解體分裂的年代

楊渡 著

隨著歷史的前進，臺灣的生活方式由農業生活轉入了工業社會，生活方式的改變也帶來了社會結構，包涵政治、經濟等方面的結構解體、分裂，與重組，而重組的路究竟通向何方？改革？或是革命？作者近年來著力追尋改變的軌跡，肯定了改變的根源來自民間，其路向也該朝向人民的需求。書中文字即記錄了作者追尋過程中所注意到的種種現象，期能透過對這些現象的反省，從中得到記憶的力量。

三民叢刊19 20

德國在那裏

政治・經濟篇

文化・統一篇

郭恒鈺・許琳菲等著

一九九〇年，兩德的快速統一，使德國成為舉世矚目的焦點，也為其他仍處於分裂中的國家，樹立了一個典範，而「德國經驗」的成功，有其廣泛的背景。本書即是對二次世界大戰後的「德國經驗」作一次總回顧，有系統的介紹了聯邦德國政治、經濟、文化等等的制度概況，及兩德統一的過程和啓示，可為有心更瞭解德國的人作參考。

三民叢刊21

浮生九四
——雪林回憶錄

蘇雪林 著

蘇雪林女士是新文學運動中第一代的女作家，在文藝創作和學術研究上都有豐碩的成果。晚年她親自撰寫此書，敍述其一生的經歷，文藝創作的動機、及學術研究的進程。文筆質樸，字字眞實，不僅是個人的紀錄，也是時代的見證。

三民叢刊22

海天集

莊信正 著

「海內存知己，天涯若比鄰」。若能以文會友，與天下人相交往，實爲人生樂事。作者在書中所欲實現的，正是此一理想。全書共分三輯，第一輯論中國文學，第二輯談西洋文學，第三輯則屬於比較文學。論述地區包含中、美、英、法、俄，篇篇精到，爲不可多得之作。

三民叢刊23

日本式心靈
——文化與社會散論

李永熾 著

日本人具有複雜的民族性格，美國人類學家潘乃德曾以菊花與劍來象徵這種複雜與矛盾。李永熾先生在本書中，從日本人的家族組織、社會思想、文學及電影作品等方面深入剖析日本的文化與社會，藉由此書，將有助於我們更了解日本式心靈的面貌。

三民叢刊24

臺灣文學風貌

李瑞騰　著

臺灣由於近代歷史命運的多重變遷，使臺灣文學也隨之而顯現出豐富的面貌。李瑞騰先生多年來致力於臺灣文學的觀察與研究，認爲臺灣文學雖有其獨特性，但仍不自外於中文文學，更需納入以中文作爲表現媒介地區的體制下，尋找彼此間互動的關係。本書即是他近年來觀察的呈現。

三民叢刊25

干儛集

黃翰荻　著

黃翰荻先生撰述的藝術評論，關注的不僅是藝術創作本身，而擴及藝術創作所在的整個大環境。雖舉世滔滔，仍不改其堅持。「刑天舞干戚、猛志固長在」，書名出自於此，作者深意也由此可喻。

三民叢刊26

作家與作品

謝冰瑩　著

月旦人物，臧否文章，並非一定都是冷靜的陳述；懷恩的心情，謙和的筆調，也許更能引發人們的共鳴。謝冰瑩女士以溫婉的筆調，描寫她所接觸過的作家與作品，並抒發一己之感，不以深奧的理論炫人，而意韻自然深刻雋永。

三民叢刊27

冰瑩書信

謝冰瑩 著

寸筆短箋所成就的，不僅是一封封信件，更是一份份心意。本書蒐集了謝冰瑩女士寫給她的小朋友、大朋友、老朋友們的信件，雖然對象不同，但作者對周遭人事的深厚關懷卻處處流露，細讀之下，更能體會字裏行間所蘊涵的溫暖之意。

三民叢刊28

冰瑩遊記

謝冰瑩 著

遊跡萬里，不僅能增廣見聞，且能開拓心胸，若身不能至，則一卷在手，神遊萬里，亦可一舒胸懷。透過謝冰瑩女士生動靈活的筆觸，常可使讀者有與之偕遊之感。或可稍補不能親臨之憾。

三民叢刊29

冰瑩憶往

謝冰瑩 著

記憶裏可能儘是些牽牽絆絆的事物，然而它也可以成爲我們面對生活的力量。作者以清逸的文章，追述往日的點點滴滴，在歲月的流逝中，更堅定了她對創作，對生命永不懈怠的信念。

三民叢刊30

冰瑩懷舊

謝冰瑩　著

本書蒐集的多爲作者對故人的追念文章。謝女士生平以眞心待人，至親好友的生離死別，對她尤其有特別深的感受，筆之爲文，更顯情誼，將人生遇合的不定，生非容易死非甘的難堪，描摹的十分貼切。性情中人，讀之必有所感。

國立中央圖書館出版品預行編目資料

海天集／莊信正著.--初版.--臺北市
：三民，民80
面；　公分.--(三民叢刊；22)
ISBN 957-14-1787-4（平裝）

1.文學-歷史與批評-論文，講詞等

812　　　　80001114

© 海　天　集

著　者　莊信正
發行人　劉振强
出版者　三民書局股份有限公司
印刷所　三民書局股份有限公司
地址／臺北市重慶南路一段六十一號
郵撥／〇〇〇九九九八——五號
初　版　中華民國八十年五月
編　號　S 81059
基本定價　貳元陸角柒分
行政院新聞局登記證局版臺業字第〇二〇〇號

ISBN 957-14-1787-4（平裝）